財神門徒

之11

過江猛龍

劉晉成 著

財神門徒

目錄

第一章 拜金女王

金河谷就喜歡拜金的女人，
如果女人不愛錢，他如何得到和征服女人？
對於江小媚表現出來的貪婪，他不僅沒有絲毫的反感，反而十分的開心，
心想只要你愛錢就好，日後我錢砸下去了，
白天穿上衣服你就是我的員工，晚上脫了衣服你就是我的玩物。

米雪難得有一個下午的空閒時間，在家坐在她柔軟的大床上，懷裏抱著林東的那件西裝癡癡發呆，似乎心事重重。

這些日子，她幾乎要夜夜抱著這件西裝才能夠入眠，不知怎麼的，一旦空閒下來，腦子裏就會不可抑制的去想這件西裝的主人，回憶與他短暫交往的點點滴滴。

她站了起來，將西裝平鋪在床上，看了一會兒，又轉頭往窗外看去。

不知道從什麼時候開始，春天的腳步在悄無聲息來臨了。此刻，窗外吹來的風中帶有絲絲溫暖的氣息，拂過她的臉，不再是那麼冰冷，樓下乾枯的草坪中開始冒出一點兩點的新綠，一隻羽毛鮮豔不知名的鳥兒落在了上面，晃動著腦袋，看樣子是在尋找食物。

春天到了，萬物復甦，滿目皆是盎然的生機！

米雪感受到自己的心就像是冰雪消融一般，漸漸露出了裏面最純真最渴望的本心，她想見到他，迫不及待的想見到他！

可就這樣過去會不會顯得有些唐突？沒有藉口啊……

轉而看到床上的那件黑色西裝，腦子裏蹦出一個主意，只是……只是如果送還給他的話，那麼晚上該抱著什麼才能入眠呢？

不管了！

米雪心裏亂得很，幾乎已經到了不能思考的地步，只能順從自己的本心，去做她想做的事情。

她把林東的西裝小心翼翼的疊好，放在一個紙袋裏，拎著袋子出了門。母親見她步履匆匆往外走，追著問道：「雪兒，你這是要上哪兒去？」

米雪回頭說道：「媽，我出去有點事，很快就回來。」

米雪的母親急道：「外面多冷啊，你把羽絨服穿上啊！」

米雪這才意識到自己只穿了一件毛衣，連忙折回房裏，穿上了外套。到了樓下，上了車，米雪忽然想起自己急吼吼的到底要去哪裏找人呢？若是林東不在公司，不就白跑一趟了嗎！

米雪忍不住嘲笑起自己來，許多年沒有那麼慌張過了，她在車裏給閨蜜江小媚打了個電話：「小媚，你們總經理在公司嗎？」

江小媚早看出米雪對林東有情，笑問道：「小雪，你找他有事？」

「那個……上次……衣服，哎，你知道的啊，我把他衣服帶回來了，總得還啊。」米雪結結巴巴的表達自己的意思，急切的想讓江小媚知道自己的理由有多麼的冠冕堂皇，哪知卻是越描越黑，一點也沒有一個知名主持人應該具有的鎮定。

江小媚微微一笑，她清楚米雪的性子，若是再逗她，恐怕要急得哭了，笑道：

「上午的時候他在辦公室，可我這個老闆來無影去無蹤，不敢肯定他在不在公司，小雪，你等等，我打電話問問他秘書。」

江小媚用桌上的座機給周雲平撥了一個電話，周雲平告訴她林東還在辦公室。

「小雪，你過來吧，林總在呢。」

米雪掛了電話，心情稍平定了些，做了幾個深呼吸，駕著車往金鼎大廈去了。

林東正在辦公，忽然接到一個陌生號碼，接通之後，說道：「喂，請問是哪位？」

米雪的車就停在金鼎大廈的地下車庫裏，聽到林東的聲音之後，原本平靜的心又怦怦亂跳起來，她總算是知道了心裏有小鹿在亂撞的感覺是什麼，激動的體溫升高，緊張的手心出汗。

「喂，哪位？」

「喂……」

林東連續叫了幾聲，電話裏也無人應聲，本已經打算掛了，米雪開了口。

「你好，請問是林總嗎？」

林東聽這聲音有點熟悉，笑問道：「你好，我是，你是哪位？」

米雪略微有些緊張，聲音顫抖的說道：「米、米雪。」

林東腦海裏浮現出一身白色長裙優雅端莊的米雪，笑道：「哎呀，是你啊，接到你的電話，我真是有些驚訝。」

米雪道：「我在你公司的樓下，那個衣服……還給你。」

若不是她提起，林東還真是想不起來這事：「米雪，要不你……上來坐坐？」

林東試探性的問道。

「嗯……」米雪想也未想，似乎是不由自主的應了一聲。

「我下去接你。」

林東怎麼也沒有想到米雪會來，這樣一個名人，自然是要隆重對待的。不過他有一點疑惑的是，米雪如果單純是來還衣服，讓她的助手送來就可以了，何必要親自跑一趟呢？

他來不及多想，米雪還在車庫等他。

林東乘電梯直下底層，一出電梯就看到了拎著紙袋翹首企盼的米雪，美麗的令人看一眼就拔不出來，白皙的臉龐，彎彎的柳葉眉，美麗的眼睛，微挺的鼻樑，紅潤的朱唇。五官精緻到無以復加的地步，在美女如雲的江南，擁有如此奪人心魄的美麗的女人，也是萬裏難挑出一個的。

米雪穿了一身家居的服裝，不施粉黛，素面朝天也別有一番自然之美。

林東走到近前，笑道：「米雪，真是抱歉，一件衣服而已，你那麼忙，竟然還親自送過來。走，到我辦公室喝杯茶。」

米雪微微一笑，看上去面色如常，其實心裏非常的緊張，手心出了不少汗，潮乎乎的很難受。她想自己見到央視的領導也沒這麼緊張，不知為何見到這個男人就心怦怦直跳？

她從未談過戀愛，還不知男女之間就是有許多無法解釋的現象。

林東對米雪一直很客氣，進電梯的時候請她先進，說話也打著官腔，這讓米雪很氣憤，總覺得二人中間隔了一座山似的，這種感覺很不舒服，就好像她一心撲來，對方卻躲開了。

林東把米雪帶進了辦公室，周雲平抬頭一看，他自然認識這是著名的主持人米雪，心裏又嫉妒起來，怎麼漂亮的女人全部都是找老闆的？什麼時候才有姑娘找我啊？

周雲平幾乎要跪地乞求上蒼了，在感情方面，他還是一張白紙呢。

他的心裏不平衡讓他忘了一個做秘書的職責，來了客人竟然也不去泡茶，不過林東不在乎這些，自己動手給米雪倒了一杯茶。

米雪似乎是忘了自己來此的目的，一點也沒有把衣服還給林東的意思，仍是拎在手裏。

林東也不知道該聊些什麼好，兩個人都不主動開口，竟然冷了場。

「米雪，你喝茶啊。」林東笑道。

米雪並不渴，不過她此刻六神無主，心跳得厲害，不知道該做什麼，於是就端起茶盞抿了一小口。

「上次的更名典禮多謝你了。」林東開始沒話找話說，畢竟上門就是客，「因為有你的主持，我們的更名典禮曝光率高了不少。」

米雪不敢看林東的目光，所以一直看著他辦公室裏的一株綠色盆栽，說道：「林總，事情都過去了，以後就別老說謝我了，也不知道你說了多少次謝謝了。」

林東微微一笑：「米雪，你不是我公司的員工，我看你就別叫我林總了，就像我叫你米雪一樣，大家以姓名相稱，好不好？或許你還不知道我的名字吧，自我介紹一下，我叫林東。」

米雪含笑說道：「你不用說的，我知道你的名字的。」

二人交流了幾句，彼此之間的氣氛稍微融洽了些。

「你們大明星應該挺忙的吧，怎麼有時間親自來送衣服給我呢？」林東笑問道，他心裏也很想知道原因。

米雪心裏的緊張感疏解多了，已漸漸習慣了與林東這樣面對面的說話，微微一笑，「我可不是什麼大明星，再說了，我也是人，總有休息的時候吧。」

林東含笑點頭：「是我多此一問了。米雪，你形象氣質俱佳，在溪州市的老百姓心目中又有絕佳的口碑，其實上次我就想跟你提的，咱們公司下個樓盤可否請你做形象代言人呢？」

米雪很少接商業廣告，若是其他人問起，她肯定會一口回絕，但提出來的是林東，心裏卻隱隱有了想答應下來的想法。為了不讓林東覺得請她那麼容易，於是就說道：「這方面的事情，你可以找我的經紀人詳談，她如果同意，我就沒問題。」

「好的，屆時我一定派人去跟貴經紀人詳細磋商。」林東道。

米雪心想到時候肯定又能夠見到林東，那這中間漫長無期的時間要怎麼度過呢？衣服只能還一次，下次該找什麼理由呢？米雪的腦筋飛快的運轉著，很快就想到了一個辦法，下次她要林東主動去找她！

趁著和林東說話的時候，米雪悄無聲息的把手上的戒指取了下來，然後又神不知鬼不覺的把戒指塞進了裝衣服的那個紙袋裏。做完這一切，她表面上鎮定，心卻是怦怦亂跳，感覺到似乎連呼吸都亂了，不是緊張，而是害怕林東發現是她故意為之。想她一個女孩家，那麼費盡心機的想要見到一個男人，若是被人知道了，那還不丟死人了。

一個女人越是喜歡一個男人，越會在乎那個男人對她的看法。

米雪也不例外。她想如果林東知道今天她借還衣服的名義過來找他，其實只是想見他一面，那麼他會不會認為自己是個輕薄女子呢？米雪覺得會的可能性更大。

她知道沒有藉口留在林東的辦公室太久，總算是見到了人，也算是一嘗所願，於是便起身告辭。說道：「林東，你的衣服我就放在這裏了。耽誤了你那麼久的工作時間，好了，我不打擾了。」

林東起身相送：「米雪，你太客氣了。我送你出去。」

米雪沒有拒絕，林東本以為她會到辦公室的外面就會讓自己留步的，哪知道米雪似乎並沒有那個意思，那麼他也不好回去，於是這一送就是送到地下一樓的車庫，直到看著米雪開車離去。

米雪上了車，這才徹底的放鬆了下來，與林東見一次面，比做半天主持還累，不過心裏卻異常的滿足，總算是見到了他。

她開車剛到家裏，就接到了江小媚打來的電話。

「小雪，怎麼樣？」

米雪問道：「什麼怎麼樣？」

「對他的感覺怎麼樣？」江小媚說得更明白了。

米雪啐道：「你瞎問什麼呀！我只是去還他衣服的，沒說兩句我就走了。」

江小媚知道米雪越是這樣說，越是顯得心虛，笑了笑，「幹嘛那麼激動？不說了，晚上有空嗎，我找你聊聊去？」

米雪道：「嗯，你來吧，正好今天清閒無事。」

江小媚掛了電話，收拾了一下心情，給林東發了一條簡訊，說要去對面會會金河谷。林東回覆了她，讓她儘管獅子大開口，以金河谷的性格，一定會答應她的要求的。

江小媚盯著簡訊微微一笑，將兩人剛才發的簡訊刪除了，交代了一下部下，就說去外面辦點事情。

她出了金鼎大廈，穿過馬路就到了金氏地產。金河谷上午見她一直沒有回簡訊，於是在中午的時候特意給江小媚打了個電話，懇切熱忱。江小媚已經答應了林東做臥底的請求，所以當然不會急躁，她把金河谷的胃口先吊起來。果然，金河谷見江小媚似乎推脫敷衍，就在電話裏對江小媚說道，邀請她去辦公室一談，待遇什麼的都好商量。

江小媚進了金氏地產，整棟大廈靜悄悄的，根本看不到有人走動，心想難怪金河谷誰來都要，原來目前只是個空殼子。她到了金河谷辦公室的門前，關曉柔注意到了她，陡然來了那麼一位外貌條件不比她差的美女，這讓關曉柔暗生戒備之心，充滿了敵意。

關曉柔坐在椅子上一動未動，冷冷問道：「你找誰？」

江小媚一眼就看出來關曉柔是個吃青春飯的女人，雖然漂亮，不過卻沒什麼能力，壓根未將她放在眼裏：「我找金總。」

關曉柔猜到這女人多半是來應聘的，心想不能讓她進金氏地產，否則必然會對自己的地位造成威脅，說道：「不好意思，金總不在，你請回吧。」

「哦，是嗎？」

江小媚微微一笑，掏出手機從容不迫的給金河谷打了個電話，馬上就從裏邊的那間辦公室傳出了電話的鈴聲。

關曉柔臉色變得很難看，心裏對江小媚的敵意更濃了。

金河谷正在裏面午睡，中午吃完飯之後和關曉柔在裏面的辦公室做了一次，所以疲憊得很，聽到手機響了，拿起來一看，是江小媚的號碼，接通之後，急問道：「江小姐，怎麼樣，考慮好了嗎？」

江小媚道：「金總，我就在你的辦公室外面，為何閉門不見呢？」

金河谷翻身坐了起來，把門打開，瞧見江小媚果然就在外面，心中大喜。

江小媚朝關曉柔冷笑了一下，說道：「你的秘書說你不在，是不是金總不歡迎我來啊？」

金河谷臉色一變，瞪了一眼關曉柔，他豈會不知關曉柔的心思，那眼神分明就是告訴她，你等著，待會找你算賬。關曉柔見到他這副兇狠的模樣，心中難過之極，委屈的眼淚都掉了下來。

金河谷視而不見，熱情的將江小媚請進了裏面的辦公室，回頭吩咐了一句，「別傻站著，進來給客人倒茶。」

關曉柔得金河谷寵愛不久，所以金河谷一向對她很遷就，要什麼都答應她，她沒想到金河谷今天會對她這般，犯起了倔，心道你讓我進去伺候那個女人，我偏偏就不進去。

金河谷見關曉柔遲遲沒進來，心裏暗罵她不識大體，只好親自給江小媚倒了一杯茶。

「江小姐，你那麼快就來了，我真是沒想到啊，喜出望外，熱烈歡迎。」金河谷搓著手說道，江小媚的到來讓他很興奮，江小媚漂亮而且能力超群，得到一個江小媚，比得到十個百個胡大成還讓他高興。

江小媚笑道：「其實是金總的誠意令我感動，現在的老闆只會對我耳提面命，你看我，自他來的這幾個月，臉上的皺紋都多了不少呢。」

金河谷笑道：「江小姐放心，只要你加入我的公司，以後我必然會以上賓之禮對待你，絕不會讓你感到壓力，一絲一毫都不會有。」

江小媚道：「金總，你在電話裏說待遇還可以再商量，是嗎？我可是衝著你這句話來的。」

金河谷就喜歡拜金的女人，如果女人不愛錢，他如何得到和征服女人？對於江小媚表現出來的貪婪，他不僅沒有絲毫的反感，反而十分的開心，心想只要你愛錢就好，日後我錢砸下去了，白天穿上衣服你就是我的員工，晚上脫了衣服你就是我的玩物。

「江小姐，我金河谷說話算話，你還有什麼要求，儘管說出來，咱們今天就開誠佈公坦誠相談，好不好？」金河谷拍著胸脯說道。

江小媚一點頭，「金總豪邁，很男人，很有魅力。這樣吧，我也就不跟你兜圈子了，年薪我要三百萬，帶薪休假我要兩個月。我需要錢去有能力過好日子，也需要時間去享受生活。」

金河谷一聽三百萬，倒吸了一口涼氣，如今許多上市公司的老總一年也沒有那麼多錢，江小媚一開口就是三百萬，比原先的一百五十萬翻了一倍，這個價他不是給不起，而是覺得給了有些肉疼，畢竟他的錢也不是刮大風刮來的。

「金總，很為難嗎？」江小媚含笑看著金河谷。

金河谷極愛面子，尤其是在女人面前，聽到江小媚如此一問，硬著頭皮說道：「不為難，那就按照江小姐所說的條件，年薪三百萬，外加六十天的帶薪休假時間，我也不跟你討價還價，足見我的誠意了吧。」

江小媚笑道：「金總，你太讓我崇拜了，從來沒遇到像你這樣豪爽的老闆，相比之下，林東就太小家子氣了，哪比得上金總天生貴胄啊！」

江小媚把金河谷捧到了天上，金河谷最難消受這份美人的吹捧，立馬得意的忘了形。

江小媚趁勢向他提出了另一個條件，「金總，我還有個條件，希望你也能答應。」

金河谷乾脆的說道：「什麼條件，你說。」

「日後如果公司成功上市，我想配一些原始股。」江小媚答道。

金河谷哈哈笑道：「只要公司能上市，到時候肯定會少不了你的原始股。」

江小媚道：「那我就沒什麼可說的了，遇到像金總這樣的明主，真是相見恨晚啊。」

金河谷伸出了手，「歡迎江小姐加入，相信通過我們的合作，金氏地產一定會蒸蒸日上。」

江小媚伸出手和金河谷握了握，這個色狼卻趁機在她細嫩的手上摸了一下。目的已經達成，江小媚起身說道：「金總，那我就不打擾你了，我會儘快辦理離職手續，到你這邊來。」

金河谷送江小媚出辦公室，邊走邊說：「江小姐，如果你有同事想到我這邊做事，你可以代我通傳一下。我金河谷熱烈歡迎，只要他們過來，待遇從優，絕不會比對面差。」

江小媚應了一聲，「嗯，如果有意來的，我會跟他們說的。金總請留步。」

金河谷停住了腳步，和江小媚揮手作別。轉身回到辦公室裏，怒視關曉柔，

「你給我進來！」

關曉柔怒氣沖沖的跟著他進了裏間的辦公室，豈料金河谷轉身就甩給她一個巴掌，猝不及防，臉上結結實實的挨了一下，五指印清晰可見，火辣辣的疼，立時淚如雨下。

關曉柔從小就是父母的掌上明珠，就連她爸媽也從未打過她一下，哪知金河谷竟然這般對她，心裏委屈極了，不依不饒，撲上去雙臂亂揮，竟也讓她打到了金河谷幾下。

金河谷怒了，將關曉柔雙手抓在手裏，另一隻手又搧了她一個巴掌，這下徹底把關曉柔打懵了。

關曉柔消停了下來，只是低聲的啜泣，一雙眼卻是乞求的看著他。

金河谷喘著粗氣，心中怒火難平：「竟敢打我？你好日子過多了是吧？信不信我把你掃地出門，我看你還能不能有現在的好日子過。我告訴你，做我的女人，就得識相點，懂大體，不要給我惹麻煩。」

金河谷停下來喘了一口氣，「你今晚收拾收拾東西，從我的別墅裏搬出去，我不想再見到你。」

關曉柔一聽金河谷要趕她出門，大驚失色。她已經完全習慣了依附於這個男人的生活，若是沒有金河谷供她花銷，再讓她過回以前的日子，恐怕她想死的心都有，竟然跪了下來，乞求道：「谷哥，求你不要趕我走，我下次不敢了，我知錯了……」一個勁的道歉。

金河谷最喜歡看女人跪求他時候的樣子，這讓他的變態心理得到了極大的滿足，冷冷笑了笑，啐了一句：「賤貨！」

關曉柔卻把他的大腿抱得緊緊的，心裏害怕極了，生怕金河谷真的就此將她拋棄，「谷哥，我不敢了，以後我都聽你的，求你不要嚇我。」

金河谷把她的頭髮抓在手裏，將關曉柔的腦袋向後扯去，惡狠狠的盯著她的臉，「我像是嚇唬你的嗎？你知不知道我最討厭不聽話給我惹麻煩的女人！關曉柔，以後給我老實些，不要管我的事，我跟哪個女人好，你若是敢吱一聲，小心我打死你。」

關曉柔的表情就像是受驚的小獸，不住的搖頭，嘴裏：「不敢了不敢了。」說個不停。

金河谷冷哼一聲，臉上帶著極大的滿足感，手一鬆，關曉柔全身乏力的倒了下去，臉上仍是一臉的驚恐。

「趕緊起來，看看你什麼樣子。」金河谷催促道。

關曉柔的眼淚流個不停，卻不敢哭出聲來，默默的從地上爬了起來，整了整衣服，朝外面的辦公室走去。她怎麼也沒有想到金河谷翻臉的速度比翻書還快，尤其是那副凶相，更令她膽寒不已。

江小媚回到金鼎大廈，在簡訊裏將在金河谷辦公室談的事情跟林東交代了一遍。林東知道金河谷竟然寧願出三百萬一年的薪水聘請江小媚之後，著實吃了一驚。他的公司還未盈利，就敢這麼燒錢，金家的財力可見一斑！

林東轉念一想，也不得不佩服江小媚的膽識與智慧，她是吃定了金河谷不會拒絕她，所以就獅子大開口，加上這邊林東給的錢，江小媚算是狠狠賺了一筆。

金河谷啊，你真是個冤大頭！

江小媚和林東商量了一下，二人決定將她的離職風波搞出點動靜來，最好鬧得整個公司都知道。二人合計了一下，江小媚提出了一個方案，林東只需照著執行就可以了。

臨下班前，穆倩紅給他打了個電話，提醒林東明天下午三點他們要坐高鐵去京城。

林東忽然想起一事，江小媚離職之後，金鼎建設的公關部就沒了首腦，而江小媚這種能力出眾的人很難找，穆倩紅也是做公關的，而且能力不在江小媚之下，心想若是由穆倩紅來接替江小媚走後的空缺，倒是個不錯的選擇，畢竟金鼎投資現在運行已經上了軌道，那邊無需穆倩紅花費太多的心力。

他想明天見了面再跟穆倩紅提一提，聽聽她的意見。

到了下班時間，林東準備下班回去的時候，忽然看到了仍放在沙發上的袋子，拿著袋子進了休息室，打算把衣服掛起來，當他把衣服從袋子裏拿出來的時候，眼前晶光一閃，看到似乎有什麼東西掉了下來。

林東蹲下身來，發現是一枚戒指，心道衣服裏哪來的戒指呢？轉念想到可能是米雪丟在裏面的，戒指牢牢的套在手指上，拿下來都需要花些力氣，怎麼會遺落在裏面呢？

林東百思不得其解，微微一笑，把戒指放進了這件衣服的口袋裏，心想找個時間去還給米雪。

第二章

傲氣一如當年

他的沉默並不代表他害怕，而是積蓄力量，醞釀一場驚天動地的大爆發！
他要讓金鼎投資公司的每個人都看到，管蒼生就是管蒼生，
這個市場就如他的手掌心，他能看得清清楚楚！
對於那些輕視和看不起他的人，他要以行動給以響亮的耳光。
時隔多年，管蒼生身上的傲氣一如當年！

下班之後，林東回了一趟在溪州市的別墅，裏面有他的衣服，進去一看，別墅裏面添置了不少新傢俱，才想起高倩也有這裏的鑰匙，心想應該是她買來的，原本看上去空蕩冷清的別墅，馬上就覺得有點家的味道了。

明天下午就要出發去京城了，林東把行李箱找了出來，塞了幾套換洗的衣服進去，也沒在這裏過夜，開車去了柳枝兒在春江花園的寓所。

打開門一看，家裏空無一人，看來柳枝兒還沒回來，正當他打算自己做點晚飯吃的時候，電話響了。

電話接通，電話裏就傳來陶大偉爽朗的笑聲。

「林東，晚上有空嗎？兄弟請你喝酒吃火鍋。」

林東正愁沒飯吃，笑道：「你這電話來得太及時了，我正準備動手做呢，說吧，什麼地方？」

「火鍋城，你找得到地方嗎？」陶大偉問道。

林東說道：「火鍋城我找得到，二十分鐘內到。」

「好，那就那地方見。」陶大偉說完就掛了電話。

林東把行李箱放下，馬上就出了門。火鍋城離春江花園不算遠，也在市區，他開車很快就到了，剛才聽陶大偉的聲音感覺到那傢伙很興奮，說不定又破了大案子，所以找他慶祝。

到了地方，華燈初上，火鍋城一共三層，在黑夜當中閃放出五顏六色的光彩。

陶大偉已經到了，靠在車門上等他，瞧見林東從車裏出來，迎了上去。林東也瞧見了他，二人走到一起，擁抱了一下。過完年回來，林東這還是第一次見陶大偉。

「走，位置我已經訂好了。」

到了火鍋城裏，老闆親自過來招呼陶大偉，火鍋城這地方比較亂，時常有打架鬥毆的事情發生。這裏的老闆知道陶大偉是市局的，所以就過來討好他。

「二位儘管點，今晚免費招待。」

陶大偉問道：「裘老闆，今晚為啥免費啊？」

裘老闆笑道：「陶爺，因為您是貴客啊，您能來照顧我的生意，是我的榮幸。」

陶大偉明白裘老闆心裏什麼打算，收起臉上的笑容，說道：「裘老闆，你要是這樣咱們可就要換一家了，該收多少收多少，我不貪你這點便宜。」

裘老闆訕訕一笑，「那二位慢用，我就不打擾了。」回頭吩咐店員道：「這桌的菜按雙倍的分量上。」

林東自打見到陶大偉就發現這小子心情似乎格外的好，裘老闆一走，他就問道：「大偉，啥事把你樂的，是不是又破大案子立功了？」

陶大偉哈哈一笑，「不是，是我和穆倩紅見過面了。」

「啊？」林東驚問道：「我怎麼不知道？」

陶大偉一咧嘴，「林東，啥事都得讓你知道啊？難道你下屬的私生活也歸你管嗎？」

林東一攤手，「你知道我不是那個意思，我只是吃驚，你今天那麼開心，不會是跟穆倩紅有關吧？」

陶大偉點了點頭，說道：「今天我休息，我和她之前在電話裏聊過，所以約了今天見面。上午我去了蘇城，中午和她一起吃了頓飯。嘖嘖，真是人比花嬌，比你給我看的照片還美。」

陶大偉一臉陶醉的神態。

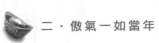

林東見他這副花癡模樣，失聲笑道：「怎麼樣，看上了？」

陶大偉嘿嘿一笑，忽然收起了玩世不恭的神色，顯得十分的肅穆，沉聲說道：「林東，哥們好像……愛上她了。」

「啊？」林東噗哧笑道：「大偉，你在感情方面就是一張白紙，懂什麼叫愛嗎？」

「我懂！」陶大偉神情凝肅，「我開始無時無刻的不在想她，想聽到她的聲音，想見到她，想知道她在做什麼……」

林東越聽越覺得有趣，陶大偉看來是真的對穆倩紅來電了，只是沒想到這個大咧咧不修邊幅的漢子竟也有這麼婆媽的時候，竟然學起了女孩，犯了相思病。

「好了好了，我知道你有多想她了。那她對你印象怎麼樣呢，是什麼感覺？」

陶大偉一愣，搖搖頭，「我不知道。」

林東一拍腦門，「哎喲，敢情你這是單相思啊！」

陶大偉不好意思的笑了笑，他原以為自己絕不是個會犯花癡的男人，沒想到見了穆倩紅第一次他就徹底淪陷了，而且正在變成了一種他極為討厭的那種男人，他記得在大學裏男生們稱之為「馬子狗」，就是整天圍著女朋友轉的那種男人。

「正因為我不知道，所以才找你的嘛。」

「原來你小子請我吃飯是有求於我啊，我還當你真的那麼好心呢。不過感情的事情屬於員工私事，我不會也無權干涉，總不能把穆倩紅叫過來，以老闆的口吻命令她跟你談戀愛吧。」林東笑道。

「嚴肅點！」陶大偉見林東一臉壞笑，臉漲得通紅，這說出去實在不是一件光彩的事情。「你知道我不是那個意思，我只是想讓你幫我打聽一下。看看她到底對我是什麼印象。」

林東明白了他的意思，涮了一塊牛肉，放進嘴裏又麻又辣，很是過癮，「大偉，我說你平時看起來多男子氣概，怎麼一遇到感情問題就慫了？」

陶大偉似乎沒什麼胃口。很少動筷子夾東西吃，急的滿頭汗，「我哪知道啊！其實大學裏有幾個女孩挺喜歡我的，還跟我表白，我當時就拒絕了。那時候根本不想男女之間的感情，現在想想，當初我那麼狠心的拒絕人家，她們該有多難過啊。如果穆倩紅拒絕了我，我想我會難過死的。」

林東心想不能繼續逗他玩了，說道：「大偉，你不覺得你連當初被你傷害過的女孩都不如嗎？她們還敢對喜歡的人表白，你呢？要我去問，這純粹不是我該幹的事情啊！我只負責牽線搭橋，不負責買賣成交！」

陶大偉被他訓斥幾句，低下了頭，仔細的品味了一下林東的話，覺得很有道理，抬起頭呼出一口氣。「我真是沒用，算了，還是我自己來吧。感情的事情別人給不了幫助的。」

林東呵呵一笑，「原來你啥都懂啊。」

「今天一起吃飯的時候。我和她聊得挺好的，她對我的工作特別感興趣，而且好像也瞭解得很多，尤其是軍警這方面，所以我們聊的特別投機。飯後，她還主動提出去你們公司附近的那個荷花池公園去逛逛，又聊了不少。我覺得她至少不討厭我，你說是嗎？」

陶大偉殷切的看著林東的表情。

林東從陶大偉的描述中判斷，穆倩紅應該對陶大偉有些好感，說道：「我和你的感覺一樣。我建議你別急吼吼的跟人家表白，欲速則不達，可能會適得其反，給她留下不好的印象。暫時先相處著，時機成熟再做表白，到時候自然水到渠成。」

陶大偉聽得很認真，從小到大上課他都沒有那麼認真聽過，在他眼裏，林東現在就是他人生幸福的導師，「可惜她在蘇城，我的工作又那麼忙，接觸的時間必然不多，如果她在溪州市就好了。」

林東笑道：「為了對得起你這頓火鍋，我決定幫你個忙，問問她願不願意到溪州市來，我在這邊的地產公司缺她那樣的有能力的人。」

「真的？」

陶大偉高興的恨不得把林東抱起來轉兩圈，一臉喜色，趕緊給林東斟酒，「來，敬恩人一杯！」

林東也不說話，端起酒杯就乾了。

接下來，陶大偉頻頻敬酒，林東清楚他的酒量，二人一瓶酒喝完就捂住了杯子，不讓他開第二瓶。

「大偉，今天就到這兒吧，總之一句話，我也希望你們兩個的事情能成，該幫的忙我會幫的。」

陶大偉知道林東不會糊弄他，結了帳，裘老闆硬是給他打了個七折。

二人出了火鍋城，站在風裏說了幾句話就分開了，林東開車回到春江花園，在樓下就看到屋裏的燈亮了，知道柳枝兒已經回來了。走到門口，忽然看到門外站著個中等個子的胖子，年紀看上去在三十左右，正是勞務介紹所的吳胖子。

林東瞧了他一眼，問道：「你找誰？」

吳胖子沒有答話，上下打量了林東幾眼，看出來林東是有錢人，尤其是掛在手指上的大奔車鑰匙，特別的明亮晃眼，本以為柳枝兒跟了一個老男人才有這麼好的房子住，沒想到竟是那麼個年輕英俊的男人。

「你也住這裏？」吳胖子指了指門。

林東點點頭，又問了一句，「你找誰？」

吳胖子道：「我沒找誰，我走了。」說完，快速的往電梯走去。

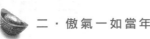

林東開門進了家裏。看到柳枝兒手裏拿著菜刀站在門後，嚇了一大跳，驚問道：「枝兒，你拿刀幹什麼？」

柳枝兒瑟瑟發抖，見進來的是林東，手裏的菜刀掉在了地上，撲進了林東的懷裏，「東子哥，有壞人。」

林東沉聲問道：「是門口那個胖子嗎？」

「嗯，他一直跟著我，要拉我去吃飯喝酒，我不去，他就跟我到家裏。」柳枝兒說道。

林東心底一股怒火，沉聲道：「枝兒，你關上門待在家裏，我出去一會兒，馬上回來。」

柳枝兒還沒問明白他要去幹嘛，林東已經出了門。吳胖子剛出電梯沒走多遠，林東就追了上來。

「站住！」

林東在他身後大吼一聲，吳胖子嚇得肝膽俱裂，不僅不站住，反而發力狂奔。

林東冷笑一聲，吳胖子沒跑出三十米遠就被他追上了，一腳踹在他後背上，悶哼一聲，撲倒在地，啃了一嘴的泥。

柳枝兒是那麼單純的女人，對城市懷有無限的美好嚮往，他不准許任何人來破壞！吳胖子觸及了他的底線，才令他一改往日息事寧人的作風，追出門來要教訓吳胖子。

吳胖子好不容易從地上爬了起來，卻被林東抓住了衣領，一百八十幾斤的體重，被他單手拎了起來，狠狠的摔在了地上，疼得吳胖子死去活來，叫苦不迭。

林東怒火攻心，仍是不解氣，朝著吳胖子腿上踢了幾腳，更疼得吳胖子發出如殺豬般的喊叫，十分的恐怖駭人。

「饒命啊饒命，我不敢了……不敢了……」

吳胖子在地上打滾求饒。

社區的保安聽到了這邊的動靜，迅速的跑了過來，到了近前，看到是兩個人打架，連忙把林東拉開。

「先生別打了。」

林東怒道：「你拉我幹什麼？這個外人溜進來騷擾業主，你們是幹什麼吃的？」

社區保安臉上掛不住了，他雖然對林東沒什麼印象，不過看他這架勢，心想多半是這裏的業主，而地上的那個則是他嘴裏的外來人。

「先生，交給我們處理吧，需不需要報警？」保安問道。

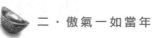

這時，柳枝兒也跑了過來，看到這場景，她沒想到林東脾氣居然那麼暴躁，平時一點都看不出來，心想打人總是不好的，把林東拉到了一邊，「東子哥，別打了，我們走吧。」

林東狠狠的啐了一口，「胖子，我告訴你，膽敢再騷擾枝兒，我打得你叫爹！」

吳胖子早已嚇得魂不附體，沒想到這個看上去那麼溫文爾雅的年輕人竟然如此暴力，更令他震驚的是這個年輕人的力量，簡直強大到匪夷所思的地步，自個兒的體重足足有一百八十斤，而他居然左手單臂就把他拎了起來，而且非常的輕鬆。

吳胖子心裏叫苦不迭，這是人嗎？簡直比野獸還野獸啊！

社區保安把吳胖子帶走了，他膽敢來騷擾業主，自然要給他點教訓。

林東怒火難滅，隨著柳枝兒回到了家裏。

柳枝兒坐到他身旁，問道：「東子哥，你怎麼變得那麼凶？好可怕，我都被你嚇到了。」

林東喘了幾口粗氣，說道：「那個死胖子膽敢打你的主意，我當然要給他點教訓。他那種人，不教訓不長腦子。下次他還敢騷擾你，我非打斷他的腿不可！」

柳枝兒道：「東子哥，其實他也沒怎麼樣，就是纏著我而已，你不該那麼打他的，你瞧他在地上痛苦的哀嚎，樣子多可憐啊。」

林東轉臉望著柳枝兒，帶著不悅的口氣道：「你為他鳴不平？」卻不知在那一刻眼中的藍芒陡然一閃。

柳枝兒瞧見了他眼中的變化，嚇得尖叫了一聲，「啊……東子哥，你眼裏有東西！」

「什麼？」林東不解的問道。

柳枝兒結結巴巴的說道：「我……我剛才……看到你的眼睛裏面好像有個藍色的小點亮了一下，好詭異，陰森森的。」

魔瞳開始覺醒了！

林東心中震驚，馬上就冷靜了下來，之前他已經可以控制瞳孔深處的藍芒，沒想到憤怒之下竟然令藍芒失控。而他實際上則顛倒了因果關係，不是憤怒令藍芒失控，而是藍芒令他憤怒。

藍芒在他瞳孔之中正以肉眼難以看到的變化生長，魔瞳已經從萌生期進入了發展期，從外界吸收的靈氣漸漸難以維持魔瞳的生長所需，所以才會令其控制不住自身的情緒，變得易怒暴躁。

即便是藍芒平靜如初，吳胖子觸及了林東的底線，今晚也會挨他一頓揍，只不過下手不會那麼重。但藍芒失控，令林東失去了理性，下手不知輕重，吳胖子當時感覺還好，回到家之後卻怎麼也睡不著，半夜的時候更是覺得體內疼得不得了，到了難以忍受的地步，只好打了急救電話。

柳枝兒給林東倒了杯熱茶，「東子哥，你喝點水，順順氣。」

林東此刻已完全平靜了下來，說道：「枝兒，你剛才看到的可能是反光，我眼睛裏哪有會發亮的東西啊。」

柳枝兒道：「我也那麼覺得，可能是我看錯了。」

「那個胖子是怎麼跟上你的？」林東扯開話題，問道。

柳枝兒將事情的過程說了一遍，今天下午吳胖子去了三國城，找到柳枝兒，讓柳枝兒請他吃飯，之前柳枝兒是說過拿了工資會請他吃飯的，不過她工作還不到一個月，根本沒發工資，所以就說以後再請。

吳胖子就說晚上請她吃飯，柳枝兒不肯，她對吳胖子沒什麼好感，周雨桐也告誡過她說吳胖子不是好人，所以只想離他遠遠的。哪知吳胖子是個無賴，竟然就不走了，一直等到柳枝兒下班，這傢伙竟然跟著柳枝兒，路上不停的說要請柳枝兒吃飯。他越是這樣，柳枝兒越是反感，也很害怕。

林東聽了柳枝兒的描述，說道：「枝兒，像今天的這種情況如果再發生的話，其實很好處理，一你打電話給我，我會去修理他，二是進社區的時候你告訴門衛，你是這兒的業主，門衛會幫你攔住他的。」

柳枝兒歎道：「哎呀，我怎麼就沒想到呢？早知道我就讓保安攔住了他，那樣就省了不少麻煩了。」

北郊樓盤。

林東一早就去了樓盤，吳老大和胖墩的兩撥人都已經到了，昨天他讓任高凱接待了他們，沒有過來，今天趁著正好要在北郊樓盤舉行新聞發佈會，所以提前到了北郊樓盤，希望能與工友們見一面，交流交流：他到了北郊樓盤的門口，將車停在門外，步行進去了。

此時剛過七點半，所以任高凱和他部門的人都還沒到，不過林東剛往前走了不遠，就聽到了熱鬧的人聲。他聽著風中傳來的聲音，是家鄉的語言，聽著倍感親切。林東朝著聲音傳來的方向走去，他想那兒應該就是工人們住的地方。

北郊樓盤的總計有八十九棟住宅樓，已經建好的樓盤有八十五棟，還剩下的四棟因為資金鏈斷裂，所以中途停工至現在，不過主體框架都已拉好。只要資金到位，很快就能建成。但當初北郊的樓盤不少都是以精裝修住宅樓出售的，所以足夠吳老大和胖墩帶來的這幫人忙一陣子的了。

任高凱安排吳老大和胖墩帶來的近一百口人住在了樓盤中間一棟樓的地下室，那兒空闊，也能遮風擋雨，對於這些常年在外做苦力的工人們來說，已經算是很不錯的了。

林東到了那裏之時，看到工人們正端著碗站在外面吃飯，三五成群的湊在一起，邊吃邊聊，氣氛甚是熱鬧。

胖墩蹲在牆邊，一手捧著飯碗，一手拿著一個大肉包子，一抬頭正好瞧見林東過來，立馬站了起來了。另外一夥人也看到了林東，他們是曾經幫林東裝修過蘇城房子的工人。

「林老闆來了……」

認識林東的工人們一臉的興奮，嚷嚷了起來，聲音馬上就傳開了。大多數人都還沒見過林東，不過林東的名字卻已在他們中間傳開。昨天一到車站，他們正為怎麼去工地而犯愁，不料這時卻有個穿著講究的城裏人過來問他們是不是要去金鼎建設公司北郊的樓盤：吳老大接觸之後才知道原來這人是林東公司工程部的，他們領導安排他過來接工友們過去。這時，正好胖墩帶著另一撥人也來到了車站門口，胖墩與吳老大都是搞裝修的，兩人以前就認識，老家又是緊挨著的鄰縣，所以二人見面分外高興，一聊之下才知道都是要到北郊樓盤去的。胖墩記得林東跟他說過還有一幫人，才明白那幫人就是吳老大帶來的人。

任高凱派工程部的朱勇去接他們，問了問他們的名字，一看沒錯，就對他倆說車子已經在不遠處等了，讓他們帶著人過去。胖墩跟朱勇打聽了一下，朱勇也不知道是大老闆直接吩咐的，就說是他們頭讓他過來接的。

任高凱按林東的吩咐，一共讓朱勇租了三兩車，正好把吳老大和胖墩帶來的百來號工人全部拉走。到了之後，任高凱不敢怠慢，提前就在門口迎接，讓手下拿出好煙，給所有工人們一人散了一支。

這群工人們歷來只見過對他們不屑一顧冷臉相向的地產公司領導，從來沒見過那麼和氣的，任高凱這麼做，倒是讓他們覺得很不習慣，一群人站在那裏不知如何是好。

吳老大和胖墩也被這陣勢搞暈了，兩人大眼瞪小眼，完全不知對方搞什麼名堂。

任高凱見有些冷場，看出來吳老大和胖墩是這夥人當中的頭頭，就走到二人身前，說是林總特意吩咐他要好好招待工友們的。他這麼一說，吳老大和胖墩就明白了，心想難怪這麼熱情，原來是給林東的面子。

任高凱在前引路，帶著百來號扛著大包小包的工人們帶到了住的地方。地下室他已讓人收拾過了，從鄉下拖了兩車稻草過來，給工人們墊在地上。完了之後，就說今晚有頓好的，林東特意吩咐的，就算是為他們接風洗塵。

林東走到近前，工人們已經將他團團圍住了。

胖墩手裏還端著飯碗，傻呵呵的笑道：「你說我是該叫你林總呢，還是叫你林東？」

林東在他胸口擂了一拳，「胖墩，你這是寒磣我是吧，叫我林東。」吳老大從人群裏擠到了林東身旁，笑道：「林老闆，你來看我們啊！兄弟們都很想你呢。」

林東笑道：「昨天沒來看大家，實在抱歉，所以今天一早就過來了。怎麼樣，這裏還習慣嗎？」

工人們一個一個說起了這裏的好。

林東放了心，揚聲道：「大家都別圍著看我了，趕緊吃飯吧，光看我肚子可不會飽的。」

眾人發出一陣哄笑，又扒起碗裏的飯，他們都清楚的知道林東雖然對他們很客氣很好，不過不是請他們來度假的，是要他們做事的。

林東還有事情要忙，和眾人簡單的打過招呼就離開。

售樓部在北郊樓盤的東南處，離門口不遠，林東瞧見售樓部門口已經停了不少車。他看了看時間，已經快到九點了，心想來的業主應該不少：林菲菲和她的銷售部員工正在緊張的忙碌著，售樓部的大廳裏已經聚集了不少人，位置都不夠坐了，不少人只能站著。

林東擠進了人群裏，業主們看到他，都以為也是來看發佈會的業主。就快到九點了，林菲菲正在著急林東怎麼還不來，一抬頭，正瞧見他從人群裏擠了出來，臉上浮現出了喜色。

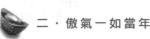

「林總，你總算來了。」

林菲菲把他帶到了售樓部裏的辦公室，「還有十分鐘發佈會，您先在這邊歇歇，到時間了我來叫你。」

林東笑道：「來了那麼多人，看來你建議召開新聞發佈會是正確的。菲菲，我也是金鼎建設的一員，不能搞特殊，我隨你出去，幫忙召呼業主。」

林菲菲一愣，隨即說道：「既然林總要去，那就走吧。」

到了外面，林東主動要求給業主們端茶送水，許多人這才知道林東也是這裏的工作人員。他穿梭在人群中，眾人議論紛紛，對這次金鼎公司能召開發佈會都感到很高興，尤其是對金鼎推出的賠償制度，更是誇獎不斷。

林東心中一陣溫暖，樸實的老百姓不會記得他們的過錯，只要對他們丁點的好就能記住不忘。

此刻已有不少記者混進了人群裏，個別採訪現場業主的感受。被採訪的業主們有幾個先是發了一通的牢騷，不過矛頭都直指金鼎建設的前身亨通地產的老總汪海，對於林東則是讚不絕口，稱讚其年輕有為，銳意革新，敢想敢做。

林東在人群中聽到這些誇讚之詞，饒是他一向沉穩，也不免覺得有些飄飄然。

發佈會由林菲菲主持，賠償制度早已在售樓部的大廳裏貼了出來，她先說明了召開此次新聞發佈會的用意，又向業主們逐條解釋了賠償制度的內容。現場的氣氛十分熱鬧，記者們的閃光燈閃個不停。

「下面有請我們林總來為大家答疑，大家有什麼問題可以向他詢問。」

林菲菲說完，做了個請的姿勢。

林東這才從人群裏走了出來，到了台上，業主們才知道原來這個年輕人就是金鼎建設現在的老闆。

林東將話筒從桌上拿了起來，笑道：「今天來了很多人，出乎我們的預料，很抱歉沒有準備足夠的座位，讓那麼多衣食父母都站著，我林東也不好意思坐下來。剛才我在人群中聽到很多讚美我們公司推出賠償制度的話，讓我的心裏感到很溫暖。我想大家最感興趣的不是我這段廢話，是我們公司到底會不會執行這個賠償制度。在場來了很多媒體的朋友，我請媒體朋友做個鑒證，我林東說得到做得到，這個制度會不折不扣的執行。我們讓業主們晚拿到了房已經是我們不對了，道歉是空話，公司將會以實際行動來彌補大家的損失。林東在此保證，以後金鼎建設開發的每一個樓盤，只要有延期交付的現象發生，我們都會對業主進行適當的賠償。當然，我希望這個制度只執行這一次，以後的樓盤我想都能如期的交付。」

售樓部中響起了雷鳴般的掌聲。

林菲菲拿起話筒，笑道：「接下來是詢問答疑環節，如果大家有什麼問題，請說出來，我們林總會耐心的為大家解答。」

前面的一名六七十歲的大媽第一個舉起了手，銷售部的員工把話筒遞給了她，老大媽開口就問：「請問林總經理。領取賠償金的時候需不需要出具什麼證明？我孫子因為沒有能及時拿到房子，所以結婚的時候租了房子。需不需要拿租房證明過來？」

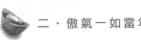

林東答道：「不需要，我們的賠償金是結合您在我們公司這個樓盤的購房面積和本市的平均租房金來計算的，所以無需任何證明，只需要帶上購房證明過來領取賠償金就可以了。」

許多人害怕手續麻煩，聽到林東這麼說，心裏都鬆了口氣。叫好不迭。

接下來還有各種各樣的問題出來，林東耐心的為眾人一一解答。整個過程持續了兩個多小時，他一口水沒喝，一分鐘也沒坐下來。直到再無一人出來提問，才將話筒交給了林菲菲，離開了售樓部。

林東開車趕往蘇城，出來時已經將近中午十二點了，下午三點就要去京城。他必須要在兩點前趕到金鼎投資公司。一路上車速不慢，到了公司的時候還不到一點半。穆倩紅見他風塵僕僕的趕來，問道：「林總，吃飯了沒？」

林東這才覺得有些餓了，笑道：「忙完那邊的事情馬不停蹄的就過來了，飯還沒來得及吃，經你這麼一問，真覺得餓了。」

穆倩紅道：「大家都已準備好了，你等一會兒，我給你叫份外賣過來。」

「倩紅，多謝你了。」林東一笑，走進了資產運作部的辦公室。這次他安排劉大頭留下來坐鎮資產運作部，崔廣才則跟著他去陸虎成的龍潛投資公司學習。管蒼生原本不想去的，林東幾番勸說，才讓他也同意隨大隊前行。

林東進了資產運作部的辦公室，見到又多了幾個新面孔，知道必然又是最近新招進來的。

「林總好……」

辦公室裏的操盤手紛紛和他打招呼，林東含笑點頭。他逕自進了裏間的辦公室。瞧見崔廣才和劉大頭正在商量著什麼，二人見他進來，朝他一點頭，繼續忙自己的事情去了。

林東走到管蒼生跟前，笑問道：「管先生，最近還習慣嗎？」

管蒼生笑道：「很好，我感覺我的狀態正在慢慢的恢復。」

話音未落，就聽到從崔廣才鼻孔裏傳來的冷哼。

林東微微一笑，「先生無需著急，先找回感覺再說，不要給自己太大壓力。」

管蒼生歎道：「時不我待，我已錯過了太多時間，如果再不抓緊時間，恐怕此生就要虛度了。」

崔廣才回頭笑道：「管先生還是惦記著上次說的實習期吧，其實沒人當真的，你真的無需著急。」

林東扭頭瞪了一眼崔廣才，這傢伙馬上閉了嘴。

「老崔說的不是沒有道理，找回狀態需要時間，先生無需給自己太大的壓力，盡力就好。」林東說道。

管蒼生面色嚴肅，「我管蒼生說一不二，說過的話肯定作數。如果一百萬變不了三百萬，我立馬拍屁股走人。」

崔廣才和劉大頭都不以為然，二人偷著一笑。

「這回去京城又能見到陸大哥了，管先生，做好爛醉幾天的準備吧。」林東笑道。

管蒼生一臉苦相，「陸虎成和他的手下劉海洋，那都是喝酒不要命的傢伙。若是年輕二十歲，我肯定不怕他們，可現在不成了，我老了。這次去得收著點，不能弄得自己爛醉，畢竟咱們是去學習的。」

林東哈哈一笑，「我相信陸大哥有分寸的。」

這時，穆倩紅拿著速食走了進來，「林總，外賣到了。」

「謝謝你倩紅。」

林東從她手裏接過速食，就在崔廣才的座位上坐了下來，狼吞虎嚥的吃了起來。當他吃完，正好兩點一刻。穆倩紅進來催促眾人啟程出發。

這次帶去學習的名單是由穆倩紅擬定的，很大程度上，穆倩紅可以說是身兼二職，不僅是公關部的主管，也是林東的秘書。資產運作部、人事部、情報收集科和技術部都有人去。

資產運作部是崔廣才、管蒼生和另外兩名資格較老的操盤手，公關部是穆倩紅和另外兩個如花似玉的美女，技術部因為只有彭真一人，所以只他一人去，情報收集科是紀建明帶著杜凱峰，人事部是楊敏一人。

所有人都已在公司門口聚齊了，除了管蒼生背了一個破舊的牛仔包，其他人都是拎著皮質的行李箱。這讓管蒼生在人群中顯得特別礙眼，不過他向來不在乎別人的看法，不僅包是上個世紀的，就連腳下的布鞋也與這個時代格格不入，整個人看上去就像是個進城務工的農民，若是不知他的真實身分，誰也難猜出來這個人是曾經叱吒風雲的中國證券業的傳奇教父。

「出發吧。」

林東走在最前面，帶著眾人離開了公司。

到了地下車庫，林東找到他的車，管蒼生和彭真坐他的車，其他人也各有安排。駕車到了火車站，將車停在了火車站的停車處，由穆倩紅帶著眾人去檢票。乘坐的那輛列車還未到站，眾人就先在ＶＩＰ候車室候車。

京都一直是彭真想去的地方，哪裏有無數的美味小吃，還有很多作為中國人必看的景點。彭真想到幾個小時後他就要到達那個嚮往了很多年的地方了，一路上顯得非常興奮，與一眾人熱烈的交談起來，商量著到了京都之後去哪些地方看看。

穆倩紅這次安排了五天的時間，所以除了到龍潛投資公司學習的時間之外，他們也有足夠的時間在京都好好逛逛。除了管蒼生之外，包括林東，也是對這次京城之旅抱著邊玩邊學的心態。

兩點五十五分，列車才到站，眾人拿著行李去登車。穆倩紅包了一節車廂，進了車廂之後，只有他們這十來個人，地方顯得十分的寬敞。

林東很是奇怪，客車的車廂是時常客滿的，穆倩紅竟然有辦法包了一節車廂，正好穆倩紅就坐在他對面，笑問道：「倩紅，你怎麼弄來這節車廂的？」

穆倩紅笑道：「很簡單啊，鐵路局我有認識的人，一個電話就搞定了。」

林東不得不佩服她們做公關的人脈之廣，「倩紅，有個事情我想跟你商量商量。」

穆倩紅一點頭，「林總，你說。」

「我的地產公司也需要你這樣有能力的人，投資公司這邊已經上了軌道，無需你花費太多的心思，所以我想給你一個更大的舞台，你好好想想，願不願意去那邊發展。」林東道。

穆倩紅笑道：「不用想了，我願意過去。」穆倩紅知道林東現在的重心偏向於地產公司那邊，到那邊工作就可以多與他接觸，除此之外，的確如他所說的那樣，將會有一個更廣闊的舞台，對她的發展是很有利的。

「對了，我過去做什麼呢？我記得江小媚是你地產公司公關部的主管啊。」

林東道：「她不會在我的公司太久，馬上就會離開的。」

穆倩紅沒有多問，他這麼說，江小媚走了之後，公關部的部長已經就由她擔任了，「林總，那投資公司這邊怎麼辦？」

林東笑道：「這個你看著辦，如果願意身兼二職就繼續做這邊的主管，如果不想就把位置讓給手底下的人，我看你下面也有幾個能力出色的呢。」

穆倩紅道：「這正是我煩心的地方，其實我手底下的幾個都很優秀，正因為如此，我若是選了其中一個，其他幾個勢必心裏不服。這叫我如何抉擇呢？」

林東微微一笑，這倒也是個難題，一個團隊最重要的是團結，那麼即便是成員個個普通，也能將事情做好，若是不團結了，即便是有幾個拔尖的，到最後也難成大事，說道：「那你就兼著吧，畢竟投資公司這邊比較輕鬆，你可以把工作分配給下面人去做。」

穆倩紅一點頭，笑道：「只要林總你不認為是我獨攬專權就好。」

「怎麼會呢！」林東呵呵一笑。

這時，彭真走了過來，「林總，玩牌，過來嗎？」

林東抱歉的朝穆倩紅一笑，「陪不了你聊天了。」

穆倩紅笑道：「沒事，你去玩吧，我睡會兒覺。」

林東跟著彭真走到車廂的另一頭，崔廣才和紀建明已經在等他們了，見彭真帶著林東回來，紀建明笑道：「好了，人湊齊了，可以玩了。」

管蒼生上車之後就把帽子卡在臉上睡覺了，也沒人去找他說話，很快便睡著了。林東今天說讓他不要著急，慢慢的找回狀態，其實他已經找回了狀態，根據這幾天對股市的判斷，這幾天的市場可以說是完全跟著他的想法在走。這令他信心倍增，雖然從前的那個狂傲的管蒼生不在了，不過他對市場的感覺依然沒有喪失。

他的沉默並不代表他害怕，而是積蓄力量，醞釀一場驚天動地的大爆發！

他要讓金鼎投資公司的每個人都看到，管蒼生就是管蒼生，這個市場就如他的手掌心，他能看得清清楚楚！對於那些輕視和看不起他的人，他要以行動給以響亮的耳光。

時隔多年，管蒼生身上的傲氣一如當年！

第三章

人不為己 天誅地滅

成智永的笑容僵在臉上：「蒼哥，人不為己天誅地滅啊，這是你當年教我的，事到臨頭，我沒有選擇。如果我不幫秦建生，我能不能活到現在還是個未知數，我只好選擇有利於己的那一面了。」

林東觀察到成智永臉上表情的變化，逐漸由愧疚轉化為憤怒。

林東和他們幾個玩了三個小時左右的撲克，彭真輸了不少錢，終於在又一次當地主輸了之後把牌扔了。

「不玩了不玩了，老是我輸，太沒意思了。」

林東丟下了牌，說道：「我看就到這兒吧，還有兩個小時就到站了，抓緊時間休息休息。」

崔廣才和紀建明點點頭，馬上就閉上了眼睛。

林東回到原來的座位上，對面的穆倩紅已靠在靠背上睡著了。睡夢中的她面色寧靜，長長的睫毛靜靜的垂下，自有一股令人窒息的美麗，林東看了一眼就強迫自己挪開視線，心想著這可是陶大偉喜歡的女人，若是有一點邪念，那就是對兄弟不義啊！

林東閉上了眼睛，自從魔瞳覺醒之後，他比以往要嗜睡的多，閉上眼沒多久就沉沉的睡著了。

穆倩紅一覺醒來，發現林東不知何時又回到了對面的座位上，她看了一下時間，列車應該就快要進站了。果然，沒過多久，就聽到了從廣播台裏傳來的聲音，說列車即將到達京城南站。

穆倩紅見他睡得那麼香，所以也沒叫醒他，倒是讓她有個機會好好的觀察一下這個男人。她不禁將陶大偉拿出來跟眼前熟睡的男人進行了一番比較，若是論長相，陶大偉是那種粗線條型的，一點也不像是南方的男人，倒是很像東北出來的。而林東的五官要比陶大偉清秀很多，不過仔細一看，似乎能從他的臉上看出獨有的英氣與堅韌。

平心而論，她還是喜歡林東的長相，不過穆倩紅知道林東有女朋友，而且感情很好，所以清楚的明白，她與林東之間註定只會是工作上配合默契的上司與下屬，不會在感情方面有什麼發展。

昨天她第一次見到了陶大偉，從他身上看到了父親年輕時候的影子。

穆倩紅的父親是一個軍人，長相粗獷，身材高大魁梧，年輕時候的長相與陶大偉有五六分相像。經過昨天的接觸發現，陶大偉不僅長得跟她父親有點像，而舉手投足之間流露出來的氣質也很像。穆倩紅自幼就非常崇拜她的父親，所以見到陶大偉之後就決定交往下去。陶大偉幸虧占了這點優勢，否則以他的條件與穆倩紅的追求者，想必絕對是處於中下等。不過那些高官之子或是富商之子，穆倩紅卻是一個也看不上。

「列車已到達終點站京城南站，請旅客們帶好隨身行李，按序下車。」廣播台裏重複播放著提示音。

穆倩紅從冥想中回過神來，發現對面的林東仍在沉睡，連忙叫道：「林總，快醒醒，到站了。」

林東仍是沒有回應。穆倩紅逼不得已，伸手拍了拍林東，林東這才猛然驚醒，雙目之中藍光一閃即逝，令穆倩紅張圓了嘴巴。

林東往窗外一看，才發現已經到站，慌忙站了起來，不好意思的笑了笑，「噢，到站了啊，倩紅，快下車吧。」

穆倩紅這才拎起行李箱往外走，到了外面，穆倩紅清點了一下人數，不多不少。

「京城火車站的人非常多，大家待會跟緊了，不要走散了。龍潛公司已經派人在車站外面等我們了，咱們走吧。」

說完，拖著箱子與林東並肩走在最後面：「林總，剛才你醒來的時候，一睜眼，我好像看到你眼裏有什麼東西一閃而過。」穆倩紅低聲道。

林東愣了一下，昨晚柳枝兒也說從他眼裏看到了藍色的亮光一閃而過，今天穆倩紅也看到了，看來很可能不是她倆眼花了，而是瞳孔深處的藍芒真的不安分了。

「不會吧，我眼裏怎麼會有會發光的東西？估計是你眼花了。」林東掩飾道。

穆倩紅微微一笑，她自己也是那麼覺得的。

彭真等幾個從來沒來過京城的，下車之後兩眼就不安分起來，個個議論紛紛，對京城的繁華贊不絕口。

京城人多複雜，尤其是在車站裏，幾乎天南地北的人都穿行在人流中，耳邊是各種各樣的地方方言。

林東一行人好不容易才走到車站外面，眾人身上都擠出了一身的汗，一出門就看到了一個中年人舉著龍潛投資的牌子。

穆倩紅道：「林總，那人應該就是陸總派過來接咱們的。」

一行人拖著行李箱往那人走去，就快到跟前時，忽然一道人影從後面快速的衝了過來，一把將穆倩紅掛在手臂上的包包搶了，飛奔而去。

林東把手裏的行李箱一扔，快速的追了上去。車站人多很影響他的速度，那個小偷顯然要比他熟悉這裏的地形，雖然奔跑的速度不及林東，但是二者之間的距離卻是越拉越大。

小偷上了往下走的電梯，以為林東追不到了，哪知林東卻從天而降，墜落在電梯上。小偷立時傻眼了，五六米高的距離，這人不要命了嗎？竟然就跳下來了！

他還想跑，卻被林東一把抓住了手臂，小偷的手裏忽然就多出一把匕首，也不知從哪冒出來的，轉身就朝林東刺去。林東不閃不遮，抬腳將他踹飛，那小偷倒在地上掙扎了幾下，只覺肋骨疼痛無比，無力的躺下了。這時，林東感到有幾道不友好的目光射來，環目四顧瞧見有三名戴著帽子的男人正朝他走來，心知必是這人的同黨。那三個男人迅速的朝林東靠近，一般人是不敢惹他們南站四虎的，沒想到今天老四出手卻栽了跟斗。

林東冷哼一聲，還未等他們靠近，已衝了出去。與其坐以待斃，不如主動出擊。那四人一向仗著人多，所以橫行霸道，沒料到這年輕人不但不跑，反而主動衝了過來，氣勢上立馬就矮了半分。

三虎身上都帶著傢伙，老大還沒來得及掏出他的雙節棍，就被林東一個鞭腿踹翻了，老二迎面朝林東一拳，卻被林東抓住了手臂，用力一扭，「咔嚓」一聲，一隻膀子就那麼被卸了，搖晃晃的吊在肩上：老三見林東那麼厲害，心裏已打起了退堂鼓，本想跑路，還沒邁出三步，就被林東一腳踹中了後心，趴在了地上。

輕鬆麻利的解決了四虎，林東彎腰將穆倩紅的包包從老四的手裏拿了回來，這時龍潛投資公司的李弘帶著車站的員警也到了，穆倩紅等人緊張的跟在後面。員警到這一看，四虎全趴下了，吃驚的看著林東，那眼神似乎是在說，你幹的？他們顯然有點不信。

「林總，沒事吧？」

金鼎公司一群人很快就把林東圍在了中間。

林東笑道：「倩紅，你的包，我沒事，毫髮無損。」

李弘走了過來，伸出手，「林總你好，我叫李弘，是陸總讓我來接你們的。」

林東和李弘握了握手，笑道：「辛苦你了，陸總還好吧？」

李弘道：「陸總很好，因為今天有事，所以沒能來，特意囑咐我過來接各位去酒店，請各位跟我來吧。」

林東等人抬腳欲走，卻被員警攔下了。

一個模樣看上去五十左右的員警挺著大肚子對林東笑道：「這四虎為禍京城很多年了，個個都滑得跟泥鰍似的，很難抓，今天不想卻栽在你的手裏。小老弟，真看不出來，你還是個深藏不露的高手。請你回去錄個口供吧，耽誤你點時間。」

林東一見這幾個員警都是腦滿腸肥之輩，心裏不喜，就他們這身材還抓賊，跑都跑不動，也不知吞了多少民脂民膏，冷冷說道：「對不起，我時間寶貴，不能跟你去錄口供。」胖員警馬上就冷了臉，「這是你作為公民應盡的義務，請配合。」說話時的語氣陡然變得強硬起來。

林東冷笑一聲，抬腳就要走。

胖員警手一伸攔住了他。

「讓開！否則第五個躺在地上的就是你。」

他冷冷說道，胖員警心底忽然生出一股寒氣，剛才他已瞧見了地上躺著的四虎傷得有多嚴重，明白林東手段的厲害，還真怕他突然發難。

李弘見此情景，把胖員警拉到一邊，低聲說道：「我是龍潛投資公司的，這些人都是陸總的朋友，尤其是你攔著的那位，是陸總拜過把子的兄弟。」

這員警也在龍潛做投資，聽了李弘的話，哈哈笑道：「大水沖了龍王廟，原來是誤會一場。陸總的面子不能不給，人你帶走吧。」李弘走到林東前面，笑道：「林總，沒事了，咱們走吧。」

胖員警惡狠狠的盯著林東的背影，對那幾個小員警道：「把四虎帶回去，關兩天放了。」

四虎之所以能在京城混那麼久都沒進過局子，因為他們懂得要「孝敬」管他們的員警，這胖員警也收過四虎的好處，與他們狼狽為奸，為四虎大開方便之門。

李弘帶他們到火車站的廣場上，李弘帶來了五輛車。

「各位請上車，從這裏到酒店如果不堵車的話，還要一個小時。」李弘笑道。

林東一群人分頭上了車，李弘和林東坐在一塊兒，問明白林東是第一次來京城，所以一路上就充當起嚮導來，為林東介紹沿途的建築與景點。

京城的交通擁堵問題是世界聞名的，本來一小時的路程變成整整三個小時，到了酒店，已經十一點多了。李弘表示非常的抱歉，林東知道這根本怪不得任何人。

「陸總吩咐我為各位準備了晚宴，各位將行李送到房裏之後，就隨我下去吃飯吧。」

眾人早已饑腸轆轆，林東當場說道：「大家都餓壞了，李弘，先吃飯吧。」

李弘抱歉一笑，「實在抱歉，那麼晚了，我早該想到各位都餓了的。那就跟我走吧，咱們填飽肚子去。」

入住的酒店在京城金融大街內，五星級的酒店，十分的豪華，離陸虎成的龍潛投資公司只有步行十來分鐘的距離，很近。

眾人狼吞虎嚥的吃了晚餐，完全沒有細細品味珍饈美食的興致，一個個只為填飽肚子。李弘將他們送回房間，也就告辭了。時間不早，進了房間之後，都已經快過了零點。

林東給高倩打了個電話，約她明天晚上見面。高倩問明白了他住的地方，囑咐他好好休息就掛了電話。

眾人都很疲憊，進了舒適的房間，洗漱睡覺，再睜眼已經是第二天了。

林東特意早點起來，昨晚吃飯的時候管蒼生跟他約好了時間，說想一大早去京城的金融大街逛逛。京城的這條金融大街就相當於中國的華爾街，是全國金融業的中心，不僅中國的幾大國有銀行的總部落戶在這裏，就連國外的許多金融機構也選在這裏紮根。這裏銀行、保險和各類投資公司林立，隨便拎出來一個公司在國際上都是非常知名的。

林東害怕自己起不來，特意打電話到前台要了一個晨喚服務。早上六點半，前台服務人員準時打電話到他房間，聲音溫柔甜美，令林東聽了反而更加想睡覺了。

他記得和管蒼生的約定，於是只能強迫自己起床，洗了個澡，精神奕奕的出了房間。剛好管蒼生也剛從房裏出來，二人在走廊中碰了面，一起下了樓。

「管先生，昨晚休息的怎麼樣？」林東笑問道。

管蒼生道：「挺好的，只是想起了許多往事。說不定在金融大街上能遇到我的很多故人呢。」

林東一點也不覺得奇怪。管蒼生曾經是中國證券業的執牛耳者，呼風喚雨，盛極一時，當時認識他的人著實不少。如今那幫搞金融的，若不是自殺身亡，或是坐牢未出，大浪淘沙，剩下的都是金子，剩下的很可能就在金融大街工作，有著體面的工作，開豪車住豪宅。

其實全世界的金融圈都有一個通病，因為從業人士是直接與金錢打交道的，所以犯罪率也是最高，很難有全身而退者。從近年曝光的事件來看。小到銀行的櫃員，大到分行行長，一旦曝光，那都將是一筆驚人的數目。

林東倒是不願意讓管蒼生在這裏遇到故人，能在金融大街立足的人都非等閒之輩，若是讓他們看到管蒼生如今的境遇，恐怕很有可能會奚落一番，他害怕管蒼生的心理難以承受。

管蒼生見他不說話，瞧出了他的心思，笑道：「林總，你無須為我擔心，我管蒼生既然不死，就不會被人瞧不起。很快我就會向世人昭告，我管蒼生又回來了！」

林東瞧他雖已鬢角發白，雄心壯志卻絲毫不減當年，心中欣慰，看來是自己多慮了，管蒼生必然能給他帶來很大的驚喜。

二人到了一樓的大堂，林東向工作人員諮詢了一下金融大街怎麼走，酒店的工作人員告訴他出了酒店之後往前走。看到一條大馬路，轉彎進去就是。

林東和管蒼生出了酒店，京城地處北方，氣溫要比南方低很多，雖然南方已經開了春。而這裏卻仍是一片冰天雪地。昨天他們到時已是天黑時分，所以沒看清外面。現在出門一看，路邊仍有不少還未消融的雪堆。

林東哈出一口熱氣，搓著手道：「啊！真冷啊……」乾硬的北風輕易的就穿透了他的風衣，刺骨的寒意令他不禁渾身一顫。好在林東適應能力很強，馬上就適應了這溫度，若是早知道會那麼冷，就應該帶一件羽絨服過來。

管蒼生穿著從管家溝裏帶出來的老棉襖，雙手插在袖子裏，嘿嘿一笑：「知道冷了吧，還是我這老棉襖舒服，風吹不透。」

林東從口袋裏摸出一盒香煙，遞了一根給管蒼生，自己點了一根，吸上之後立馬就感覺到暖和多了。二人站在路旁看了一下，四周高樓聳立，一棟棟鋼筋水泥混凝土建造的高樓大廈木然聳天而立，直指蒼穹，宛如一尊尊無言的巨獸一般，令人望而生畏，深感人類之渺小卑微。

「我當年來這裏的時候哪有這些大樓啊，二十年後再來，已經絲毫看不出原來的樣子了。中國發展之快，舉世矚目，令人咋舌不已，不過也暗藏危機啊。一旦這架飛奔的馬車放緩了速度，馬兒跑累了，恐怕隱藏的一連串問題都將爆發，屆時中國必將引來再一次的改革，甚至是革命。」

管蒼生捏著煙頭說道，林東站在他的身旁，靜靜聆聽，感覺到他身上歷經滄桑的沉重感，同時也正因為他經歷的太多，浮浮沉沉起起落落之後，管蒼生身上因而有了一種洞徹世事的睿智，一種可怕的冷靜，好像什麼都跟自己無關，卻什麼都在他的掌控之中。

二人邊走邊聊，管蒼生似乎談性甚佳，一路上不停的說著。

「a股市場上十幾家上市銀行的利潤竟然占了上市公司總利潤的百分之七十幾，這種現象在國外基本上是不可能發生的，這說明了我們國家經濟發展有多畸形。銀行長期以來以低利率吸收存款，再以高利率放出貸款，正如我們做股票一樣低吸高拋，而股票具有不可預知性，銀行不同，做的事穩賺不賠的生意。他們將利潤的大頭賺走了，企業怎麼辦？這個問題很嚴重啊……」

林東接著他的話說道：「是啊，銀行拿走了大部分的利潤，證明其他行業萎縮不振的厲害，到時候資金鏈斷裂，沒有錢還貸款，銀行的死賬呆賬將翻倍增多，收不回來錢，市場亂了套了，也不知到時候是哪根稻草將會壓死國民經濟這隻龐大的駱駝。」

管蒼生哈哈笑道：「別太悲觀，不要小瞧了中國人的智慧。除了內鬥能滅亡這個民族。世界上絕沒有任何強敵能打垮咱們偉大的祖國。我相信有志之士必然會找出一條解決問題的辦法。如今國家已經開始重視起來了，優化國民經濟結構不再是一條空口號，已經成為最高層工作中的重中之重。只不過他們掌舵的這艘船太大，別說掉頭，就是轉個彎都很難。利益的既得者貪婪無厭，每逢變革，總會充當保守派的角色，阻撓社會的進步。」

「呵呵，我可不喜歡再來一場腥風血雨的革命，還是溫和點好。」林東笑道。

管蒼生哈哈一笑。「你瞧，你就是充當了保守派的角色了，患得患失，害怕社會的變遷使自己得到的東西失去。看來只有真正一無所有的人才能領導人民進行徹底的革命。」

林東哂然：「我是不願看到同胞們自相殘殺，以致於生靈塗炭，若真有那麼一天，我寧願移民去個安靜無人的地方，或是買個小島，做個快活自由的島主。」

「島主？聽起來不錯。」管蒼生含笑點頭。

二人不知不覺中已經走到了金融大街的中心處。

林東環目四顧，金融大街的中心地帶幾乎被中國的大型國有銀行和世界上最著名的幾家投資公司佔據了。高盛、摩根士丹利、花旗銀行等等無數金融業從業人士嚮往的公司都在此處設立了分部。

金融大街上是行色匆匆的金融人士，這些人手裏提著公事包，木然的沒有一絲表情。低首疾行，好似一天到晚總有忙不完的事情似的。

管蒼生說道：「你信不信當年大摩請我做他們亞洲區的總裁被我拒絕了？」

林東點點頭：「我自然相信了，不過我很好奇，為什麼你要拒絕呢？大摩的平台多好，又給了你那麼高的位置，管先生你如果答應了，你的能力將會得到最大的發揮。」

管蒼生笑道：「我一點都不後悔，我不願為洋鬼子打工，理由就這麼簡單。」

「先生果真是性情中人，林東領教了，哈哈……」林東豎起了大拇指。

管蒼生道：「你是不是在心裏覺得我傻？」

林東沒有否認，他心裏的確是那麼想的，於是就點了點頭。

管蒼生也朝他豎起大拇指：「敢想敢認，你也是性情中人。我為什麼會心甘情願的跟你，最重要的還是你對我的脾氣。」

二人繼續朝前走去，希望能看到陸虎成的龍潛投資公司。往前走了不遠，迎面走來一個身穿黑色風衣的中年男子，這人身材魁梧，戴著帽子，帽簷壓得很低，走路的步伐十分穩健。

管蒼生臉上的表情愣了一下，覺得這人的身形有些熟悉，林東並沒有發覺。

那人快走到管蒼生面前的時候，忽然摘下了帽子，當他看到面前的那個小老頭的一剎那，魁梧的身軀居然震了一下，雙腳就像是被釘子釘在了地上似的，難以往前再邁半步。

「智永，你好啊。」

倒是管蒼生顯得鎮定，主動開口和那人打了聲招呼。

驚呆了站在對面的男人叫成智永，是當年管蒼生的跟班，如今的身分是荷蘭風雷風險投資公司駐中國分公司的老總。

「蒼哥，你出來了啊，何時的事？」

成智永暗罵自己沒用，時隔多年，再次遇到管蒼生，自己居然還像當初那個跟班似的畏畏縮縮，連說話的聲音都比平時低了幾分。他對自己面對舊主的表現感到很惱火，心中有個聲音告誡自己：他已不是當年的管蒼生，只不過是個坐了十幾年牢的小老頭子罷了，而你也不是當年的小跟班，你是堂堂風雷風險投資公司駐華公司的一把手！

成智永感覺腰杆似乎硬了些，又把帽子扣到了腦袋上。說來也是奇怪，剛才他走路的時候莫名其妙的感覺到有人在看著他，以為是被誰跟梢了，於是才拿下了帽子，沒想到居然在這裏遇到了舊主。

管蒼生呵呵一笑：「出來不久，一兩個月吧。」

成智永面皮微熱，訕訕一笑：「蒼哥，這些年我公務繁忙，所以一直未能得空去看你，那個……你別介意。」

管蒼生冷冷一笑：「智永，你怎麼可能會去看我？當年之事，若不是你幫著秦建生做偽證，我能落得如斯地步嗎？」

成智永的笑容僵在臉上：「蒼哥，人不為己天誅地滅啊，這是你當年教我的，事到臨頭，我沒有選擇。如果我不幫秦建生，我能不能活到現在還是個未知數，我只好選擇有利於己的那一面了。」

林東一直沒有說話，他觀察到成智永臉上表情的變化，逐漸由愧疚轉化為憤怒。

「當年你事事出盡風頭，跟在你身後全無表現的機會。不怕告訴你，其實我巴不得你早些進去呢。」成智永說出了心裏話。笑得很猖狂，他在為自己今天的成就得意，也在譏笑管蒼生如今的落魄。

「呵呵，原來你那麼恨我。」管蒼生搖搖頭，淒然一笑，不想跟他一般見識，對林東說道：「林總，讓你見笑了，我們走吧。」

「等等，別急著走。蒼哥，你難道不想見見你的舊情人嗎？」

成智永臉上掛著一抹嘲笑，這時，從街角處走來一個風姿綽約的女人，管蒼生一皺眉，心道她怎麼也在這裏？

那女人走的近了，林東看清楚了她的容貌穿著，只覺一身的貴氣，穿著貂毛皮衣，脖子上的項鏈閃閃發光。手上的包包也是限量版的，大概三十歲的樣子，面容姣好，細細一看，卻能看到細細的皺紋。顯然實際年齡要比看上去大些。

「小婉，快過來。你看我遇到誰了。」

成智永招手讓趙小婉過來，趙小婉走到他身邊，被他一把摟進了懷裏，淫笑著在她的臀部捏了一把。

趙小婉不是沒看到成智永對面的兩個人，不過卻沒怎麼在意，問道：「永哥，你看到誰了？」

成智永另一隻手指著管蒼生：「就他，認識嗎？」

趙小婉朝管蒼生望去，漸漸認出了眼前這個不起眼的小老頭，猛然摘下墨鏡，露出一臉驚愕的表情：「蒼……蒼哥。」

趙小婉當年是管蒼生包養的女人，起初是一間舞廳的舞女，後來被管蒼生看上了。管蒼生坐牢之後，成智永使了些手段，將趙小婉佔有了。

「蒼哥，你的女人我一直都幫你照料著，你瞧她面色有多紅潤，就知道沒少被男人滋潤了，呵呵，兄弟我晚上可沒少在她身上賣力啊。既然你回來了，物歸原主，歸你了。」

成智永一使勁，把趙小婉朝管蒼生推過去。

趙小婉畢竟是個女人，被他大力一推，往前撲倒，正好撞了管蒼生滿懷。

林東握緊了拳頭，憤怒的望向成智永。

成智永得意萬分，一吐積鬱在胸中多年的怨怒，根本就沒在意管蒼生旁邊站著的年輕人。

趙小婉羞愧難當，聽了剛才成智永那番話，才知這個男人之所以要和她在一起，只是為了報復管蒼生，這一刻，她想死的心都有了，只覺太對不起管蒼生了。

「蒼哥，你知不知道？當年你把小婉壓在身下的時候，有幾次我偷偷的躲在窗戶外面偷看啊，那時候我就在想，總有一天，我也要把她壓在身底下。你進去之後，我每次騎在她身上都有一種報復的快感。我成智永高大英俊，哪點比你差？為什麼有你在的地方我只能是配角？我不認命！瞧瞧我現在，你曾經擁有的一切我都有，錢、女人，還有地位！」

管蒼生本來早已淡忘了對成智永當初出賣自己的仇恨，卻沒想到成智永的心理扭曲到如斯程度，不禁怒從心生，嘴角的肌肉都抽動了。

「你看看你現在，糟老頭子一個，拿什麼跟我比？還是讓我可憐可憐你吧，管蒼生，你聽好了，我可以在我的公司安排一個職位給你，放心，薪水待遇一定很好，總比你為了生計去掃大街強。」成智永恨管蒼生奪了他年輕時候的風頭，這輩子若問還有什麼心願未了，那就是沒能讓管蒼生做他的跟班。

管蒼生推開趙小婉，冷冷笑道：「成智永，虧你還跟了我幾年，居然拿這個女人來打擊我？可笑，簡直愚蠢之極！我這輩子有對哪個女人動過心動過情嗎？趙小婉算什麼？不過是我眾人情婦中的一個，你當年若是想要，跟我說一聲，說不定我就賞給你了。時隔多年，看來你真是一點長進沒有。我知道你一直覺得我學歷不如你，外貌不如你，可就是有一點，我的能力比你強！你活該做我的跟班！不服氣是嗎？我管蒼生一個眼色就能讓女人心甘情願的跟著我，而你卻要費盡心機，這就是我比你強的地方！」

成智永陡然間發現他與管蒼生的地位從未改變過，即使他現在成了眼前這個小老頭，仍是有能力掌握他的喜怒哀樂，這令成智永感到絕望，更令他感到憤怒。為什麼那麼多年過去了，還是擺脫不了管蒼生這個心理陰影？

成智永不服氣，他不相信！

身體裏似乎有一個火苗燃燒了起來，他要將滿腔的憤怒轉化為無邊的火焰，要將管蒼生燒得灰飛煙滅！

「可惡！」成智永怒吼一聲，伸手就去抓管蒼生的衣領，以他的力氣，單手就能將這個小老頭拎起。

林東早已怒不可竭，見成智永率先動手，踏靜一步，抓住了成智永伸過來的手臂，一發力，成智永的手臂就難前進半寸。林東早想揍他了，成智永竟然先動手，正中他的下懷。

「哪來的雜碎？滾開！」成智永惱羞成怒，用力想把林東甩開，卻哪知對方的手臂就如精鋼澆鑄的一般，饒是他費盡全力，竟然也無法撼動分毫。成智永這才注意到林東，這個一直站在管蒼生身旁的年輕人，竟然有如此強悍的力量。

成智永身高體壯，一向對自己的力量相當自信，沒想到居然敗在了這個和他差不多身高的年輕人手上。諸事不順，這令他更加氣憤！

成智永朝林東怒吼一聲，面目猙獰，像是要吃人的野獸一般。

「放開！」

林東臉上掛著冷笑，猛然發力，成智永只覺對方的手指就像是插到了自己的肉裏一般，疼得他齜牙咧嘴，猛然想起還有另一隻手，重重的一拳朝林東臉上砸去。

林東不閃不避，手臂發力，一拉一帶，成智永站立不穩，一拳未出，就將他打倒在地。

成智永吃了癟，臉色變得十分難看，爬起來就朝林東猛衝過去，希望以體重優勢將林東撞翻。

林東無端的被這個傢伙破壞了出來散步的好心情，只想快點解決麻煩，高叫一聲：「倒下！」朝著成智永衝過來的身軀踹出一腳，成智永速度太快，小腹撞到了林東的腳上，疼得全身冷汗直冒，身子彎曲的像個蝦米，苦撐了幾秒鐘，終於還是抱著肚子倒在了地上。

這時，門內忽然衝出來幾名保安，見到老總被打，豈能善罷甘休，但剛才看到了林東的厲害，沒一個人敢上，索性就報了警。

「你小子有種別走，敢在金融大街打人，你活得不耐煩了。」保安叫囂道。

趙小婉仍在哭泣，管蒼生本就對她無情，此刻也不會管她是什麼心情，走到林東身邊，低聲道：「老弟，咱們走吧，員警來了可就走不了了。」

林東心想進了警局肯定要給陸虎成添麻煩，也動了逃走的心思，哪知剛邁步就被幾個保安拉住了。

「你打了人，不能就那麼走了。」保安們眾口一詞。

林東不想為難這些人，明白他要是這麼走了，等成智永緩過來，免不了要拿他們出氣，對管蒼生說道：「管先生，我看我暫時就不走了，等員警來了也無所謂，把事情說清楚就好了，畢竟是剛才他先動手打你的。」

管蒼生歎道：「林總，連累你進局子，我心裏過意不去啊。」

林東哈哈一笑，笑聲剛落，就見一輛警車朝這裏開來，停在了附近。警車裏下來兩個員警，一胖一瘦。

胖員警朝林東看了一眼：「是你打的人？」

林東點點頭：「人是我打的，不過我是為了保護我的朋友。」

「別廢話了，到局裏再說吧。」胖員警不耐煩的揮揮手。

瘦員警蹲在成智永的旁邊，問道：「先生，你怎麼樣？」

成智永疼得說不出話來，牙關咬得緊緊的，直往外冒冷汗，只是一雙眼死死的盯著管蒼生和林東，心裏已經閃過無數個弄死這兩個人的法子。

「先生，要不要送你去醫院？」瘦員警又問了一句。

成智永瞧見林東正對他冷笑，心道這小子肯定很想看我被他揍的進了醫院，於是就咬咬牙，嘴裏費力的蹦出兩個字：「不用！」

胖員警不耐煩的道：「都帶回去。」

林東大步的朝警車走去，管蒼生跟在身後，趙小婉動了動又停下了腳步，想了一下，轉身走了。成智永則是被瘦員警扶著進了警車。

林東上車之後給陸虎成發了一條簡訊，說是在金融大街這邊打架被員警帶走了，要他火速過來撈人。

第四章

百思不解的哲學怪圈

望著金融大街上各種膚色人匆忙的腳步，林東忽然心中感歎，人到底是為了生活而工作，而是為了工作而生活？如果工作不能給生活帶來快樂，那麼工作還有什麼意義？他彷彿陷入了一個哲學怪圈而無法自拔，百思不得其解。

金融大街不遠處就有個警局，到了警局之後，三人就被帶了進去。

兩個員警原本都以為這只是一樁簡單的打架案件，最壞也就是打人的賠給被打的一點錢。

林東和管蒼生前後被帶進一個房間裏錄了口供，最後才是成智永進去。成智永早在五年前就已移民到了荷蘭，現在他是荷蘭公民，進房間之後就對兩個員警嚷嚷了起來，要求嚴懲林東和管蒼生，否則就要上報荷蘭領事館。

兩個員警忽然間意識到事態的嚴重性，敢情這個滿口中文黃皮膚黑眼睛的傢伙已經不是中國人了。他倆知道如果處理不好，這傢伙一旦要求荷蘭領事館出面，那麼這就是涉及到兩國邦交的大事了，大感頭疼。

瘦員警在胖員警耳邊耳語道：「頭，這事咱們處理不了。按程序的話最多是罰款了事，畢竟假洋鬼子並沒有受什麼大傷，但是這樣的話就無法嚴懲外面的兩個。這假洋鬼子不滿意，事情捅到了大使館，這可就不好了。搞不好，咱倆的飯碗都得丟。」

胖員警這才感覺到這案子是多麼棘手，問道：「那怎麼辦？」

瘦員警道：「好辦，咱們請示上級，按領導的意思辦總沒錯。」

胖員警一笑，凡事多請示請示領導總是沒錯的。

「那就這麼辦，我出去打電話問問。」

到了外面，胖員警給他們所長打了電話，所長覺得這事情鬧大了，不敢做主，給上級打了電話，最後一直鬧到了市局局長那裏。市局局長沒有人可請示了，也不知道林東和管蒼生是什麼來歷，當即下令嚴懲。

指示一層一層下達，胖員警最後才得到指示，看著坐在那兒的林東和管蒼生，只能無奈的搖搖頭，心道打誰不好，非打外國人，我也只能愛莫能助了。他進了小房間，把上面的指示告訴了瘦員警。

二人自從得知成智永的荷蘭籍身分之後，對他的態度轉變很多，非常的客氣。

「成先生，我們一定會嚴懲那兩人，除此之外，您還需要什麼賠償嗎？」瘦員警客氣的問道。

成智永嘴裏叼著煙，到現在他的小肚子還隱隱作痛，林東讓他當眾出醜，這個仇不報他睡覺都睡不安穩，冷冷道：「我有的是錢，不需要金錢上的賠償，但是我要他們賠償我精神上的損失。」

「這個您要怎麼賠償？」瘦員警問道。

成智永拍著桌子怒道：「我要揍他們一頓！」

胖員警鼻孔裏出氣，若不是忌憚這傢伙假洋鬼子的身分，他早就給成智永上點眼藥水了。

瘦員警苦笑搖頭：「這個恐怕辦不到。」

成智永嘴裏嘟囔一句：「一群豬！」

胖員警臉色一變，拍桌子怒道：「你再說一遍！」

瘦員警怕兩人起衝突，趕忙拉住胖員警：「老大，他是外國人，動不得。」

胖員警氣得無處發火，把門摔得山響，氣呼呼的出了門。

瘦員警給成智永錄了口供就放他走了，到外面跟林東和管蒼生說他倆涉嫌惡意傷人，要拘留二十個小時。林東和管蒼生頓時就傻眼了。

「有沒有搞錯？是他先出手打人，竟然要拘留我們！」林東的怒火立刻就上來了。

當陸虎成匆匆忙忙趕到警局的時候，林東和管蒼生已經被關進了小黑屋裏。

陸虎成直接去見了這個派出所的所長李剛。

「李所長，我一兄弟打架，被你們這兒的人帶進來了。」

李剛認識陸虎成，平時想攀關係還沒機會，立馬說道：「陸總，你放心，我馬上放人。對了，你兄弟叫啥？」

「林東。」陸虎成道。

李剛臉色一變，心道林東不就是那個打了荷蘭人的嗎？咬了咬牙，得罪陸虎成總比丟了飯碗好，說道：「陸總，實在抱歉，這個人我們不能放。」

陸虎成吃了一驚：「為什麼不放？打個架算屁事啊。」

李剛道：「要怪就怪你兄弟打的是外國人吧，我就是個小小的派出所所長，權力有限，抱歉抱歉。」

陸虎成明白了，直接給市局的局長房京彪打了個電話，房京彪是陸虎成的客戶，二人關係很好。陸虎成心想局長出馬總可以把林東撈出來了，哪知房京彪也是個怕事的主，先是一口答應了下來，然後一打聽才知道林東揍了一個外國人。官越大越害怕犯錯誤，房京彪心想只能得罪陸虎成了，給他回了個電話，說辦不了，氣得陸虎成在電話裏罵娘。

陸虎成收起手機，真是沒想到一件原本簡單的事情這麼難弄，問道：「李所長，我見見他總可以吧？」

李剛笑道：「這個自然可以，陸總請跟我來。」

李剛讓人把林東和管蒼生提了出來，還特意吩咐手底下人給他二人換間房，要讓他們在裏面舒舒服服的。

陸虎成看到出來兩個人，原來管蒼生也在，驚道：「管先生，你怎麼也進來了？」

管蒼生笑道：「如果不是我，就沒今天這事了。」

「陸大哥，事情是不是有點難辦？」林東發現陸虎成笑得不自然，所以問道。

陸虎成歎道：「不好辦，市局一把手都不敢放你們，你們究竟把哪個洋鬼子給揍了？那傢伙嚷嚷著如果不嚴辦你們，就要通過大使館找中國政府交涉。」

「洋鬼子？」

管蒼生不解：「我們沒有揍洋鬼子，和一個中國人打的架，那人以前是我跟班，叫成智永。」

陸虎成一聽這名字就明白了：「原來是那個龜孫子！二位有所不知，成智永幾年前就已經移民了，的確是個洋鬼子，不過是個假洋鬼子。」

林東冷笑道：「早知道是個假洋鬼子，我就揍得狠一點了。」

陸虎成道：「二位別急，我再去找找人。」

林東道：「陸大哥你先別急著走，我的手機被他們收走了，你能不能要過來，我打個電話。」

陸虎成把李剛叫了過來，李剛馬上就把林東的電話送了過來。

林東記得蕭蓉蓉的舅舅是公安部的大官，心想說不定她舅舅可以幫上忙。得知成智永是荷蘭籍之後，他就明白為什麼陸虎成走了市局一把手的關係都沒能撈他出來了，感歎國人欺內怕外的陋習，至今仍未有改觀。

他給蕭蓉蓉打了電話，在電話裏說明了情況。蕭蓉蓉聽說他被拘留了，滿是擔心的問他有沒有挨打。她就是做員警的，知道行內的道道，雖然早已不准嚴刑逼供，不過很多地方仍還存在毆打嫌疑人的情況。

林東說這邊有朋友照顧，所以叫她不用擔心。

蕭蓉蓉掛了電話就給她舅舅紀雲打了電話。紀雲聽了外甥女說的情況，心知這根本怪不了林東，掛了電話，就派人去瞭解了一下事情。果然如蕭蓉蓉所說，就是因為被打的那個是個荷蘭籍人，所以下面人就違反程序辦事。

紀雲嫉惡如仇，當場就怒了，打電話把市局一把手凌峰叫了過去。

凌峰接到部長的電話，心裏還在奇怪，怎麼突然要他過去。到了紀雲的辦公室，發現紀雲的臉色不是太好看，心中暗叫不好，免不了要挨一頓罵。

「紀部長，我來了。」凌峰垂手立在紀雲的對面，大氣都不敢喘。

紀雲的火爆脾氣是在公安系統內部出了名的，他抬頭一瞪眼，就把凌峰嚇得兩腿發軟。

「你怕什麼？」紀雲冷聲問道。

凌峰抹了一把汗，說道：「紀部長，我沒害怕。」

紀雲直奔正題，問道：「凌局長，聽說今早上京城發生了一起中國人和荷蘭人打架的案子，你知道嗎？」

凌峰心中大驚，心道他怎麼會知道？轉念一想。陸虎成神通廣大，應該是他走關係走到了紀雲這裏，心中暗暗後悔，實在不該得罪陸虎成那樣手眼通天的人啊。

「我問你話呢，沒聽見嗎？」紀雲拍了桌子，嚇得凌峰渾身一抖。

「紀部長，是有這麼件案子。那個荷蘭籍的華人要求嚴懲肇事者，說如果不嚴懲的話，就要通過大使館向我國政府提出交涉。」

紀雲冷冷道：「所以你就不按程序走，不問是非，把兩個中國人給扣了是不是？」

凌峰辯解道：「我這麼做也是為了顧全大局，還請紀部長體諒。」

「體諒個屁！八國聯軍都不知道過去多少年了，你們這幫慫包還怕外國人？你不覺得丟臉，我都替你害臊！我就不信荷蘭大使館能為了一個假洋鬼子跟中國政府交涉！你這豬腦袋的傢伙，氣死我了，怎麼當上局長的你？」

紀雲這番話憋在心裏一直到現在，此刻劈哩啪啦說了出來，覺得心裏痛快多了，再一看，凌峰的臉色已經變得跟豬肝一個色了，十分的難看。

凌峰背上直冒冷汗，他是個會審時度勢的人，得罪了荷蘭人對他有沒有影響根本不得而知，但是如果得罪了紀雲，這可就要命了。官大一級壓死人，何況紀雲不止比他大了一級，只要一句話就能斷送了他的仕途前程。

「紀部長，聽您一席話我茅塞頓開，我知道該怎麼做了，請您給我將功補過的機會！」

紀雲一揮手：「趕緊滾蛋，在我眼前消失，看見你就煩。」

凌峰咬緊嘴唇，從紀雲的辦公室裏出來，內衣已經濕透了，整個人像是虛脫了似的。若不是還有事情要辦，他真想回家倒頭睡覺。告訴司機去金融大街那邊的那個派出所，凌峰決定親自把林東和管蒼生放出來。他很後悔得罪了陸虎成，所以想盡力補救。

到了那兒，李剛見到他忽然到來，差點不敢認人。堂堂市局一把手來到他的小小派出所，太意外，太轟動了。

「凌局，您怎麼來了？」李剛跟在身後問道。

凌峰邊走邊道：「上午關的那個叫林什麼的人在哪裏？帶我去見他。」

李剛還沒搞清楚凌峰到底來幹什麼的，心想不會是親自提審那兩人的吧，快速走到前面引路，把凌峰帶到了關押林東和管蒼生的地方。

陸虎成不在，他去找部委的關係去了。

「哎呀，真是對不起二位，多有得罪，抱歉。」

凌峰一進門，就朝林東和管蒼生抱拳致歉。

李剛一時傻眼了，下令嚴辦這兩人的就是凌峰，怎麼這會兒卻又來道歉了？

林東和管蒼生認不得他，林東問道：「你是哪位？」

李剛忙介紹道：「這位是市局的凌局長。」

林東瞧凌峰一臉諂媚，氣色不正，心裏不喜，冷冷應付了幾句。

管蒼生則一點面子都不給：「我們是不是能走了？」

凌峰點點頭：「二位要去哪裏？我安排車子送二位過去。我們的車開在路上沒有紅綠燈的，一路通行。」

林東道：「凌局長的心意我們領了，我們不去哪裏，出去逛逛，不需要車，多謝。」

凌峰心裏不悅，不過臉上仍是一臉的笑意。

林東和管蒼生絲毫不顧凌峰的臉色，他倆對警局上下都沒什麼好感，管他是什麼警員還是市局一把手，只要不為民做主，那在他們眼裏就是個屁，只會離得遠遠的，絕不會去靠近。

凌峰雖然心裏很不爽，不過礙於要給陸虎成面子，所以一直拿熱臉貼冷屁股，把林東和管蒼生一路送到了警局外面，那態度之熱情，不比見到上級領導差，而他不知道的是，林東和管蒼生能出來，並不是得力於陸虎成的關係。

林東也只知道蕭蓉蓉的舅舅在公安部工作，並不知道蕭蓉蓉的舅舅紀雲就是公安部的一把手。

「凌局長，別送了，我們走了。」

凌峰笑道：「二位慢走，見到了陸總代我問聲好，多謝了。」

林東和管蒼生朝前面走了不遠，停下了腳步。

「管先生，還要逛嗎？」林東問道。

管蒼生歎了口氣，「不逛了，累了，回酒店吧。」

二人低頭往前走了一會兒，管蒼生歎道：「林總，沒想到我做人那麼失敗，曾經跟過我的兄弟心裏竟然那麼恨我，而我卻渾然不知。當年我自認對他們每個都不薄，跟著我吃好穿好，我本以為他們都該對我感恩戴德才是。後來我進去了，卻沒有一個人來看過我。在牢裏的時候我就時常在想，是不是世態炎涼，他們太薄情？

今天見到成智永，聽到他說那番話，我才終於明白是我自己的問題。」

林東說道：「管先生，你不必自責，依我看來，像成智永這種人根本就是餵不熟的白眼狼。你如果認為自己失敗，也該認為交友不慎，遇人不淑。」

管蒼生搖搖頭：「成智永固然有他的不好，那麼其他人呢？不可能跟著我的人每個都像成智永那樣壞的，所以責任還在我自己，是我太過專權，太過霸道，認為自己一切都行，不給他們表現的機會，他們受壓迫太久才會這樣的。」

林東默然不語，管蒼生當年的確是這樣一個人，無人可擋，所有人在他眼裏都不是對手，他所需要的不過是一些阿諛奉承對他無比崇敬的手下。

管蒼生看了一眼林東，呵呵笑道：「所幸我現在跟的主子不是這樣的人，他有能力，但是也注重發揮手下的能力。林總，你比我年輕時候要強太多了。公司每個人都對你尊重有加，不是敷衍你，而是一種發自內心的尊重。你使每個人人盡其才，這才是真正的用人之道啊！」

林東呵呵一笑：「先生不用誇我，其實我沒你說的那麼好。我那麼做，無非是因為自己精力有限，無暇分身的緣故罷了，不然還能怎樣呢？」

管蒼生道：「論個人能力，你也不比我當年差。我看過去年公司剛成立那會兒的戰績，那時候資金大部分是由你來控制，你每一步都踩點踩得那麼準確。在最低點時候減倉，在最高點時候出貨，令人驚歎啊，彷彿一切都是你預先知道了的似的。」

林東心道還真是被你猜著了，若不是玉片的逆天異能，我的能力也不過就是個普通人的水準而已。林東卻不知，他對市場敏銳的嗅覺並不比管蒼生差，即便是沒有玉片的輔助。只要他有志於此道，也必然有所成就，絕非是他想的普通水準。

早上來的時候金融大街還是冷冷清清的，此刻街上已然熱鬧起來，隨處可見白皮膚黃頭髮的外國人。

從他們冷銳的目光中可以看出來，這些都是金融界的精英。除了金融機構，這條街上就數咖啡館最多了。走在大街上，到處都是濃郁的咖啡香，街旁的咖啡館內不少人點了一杯咖啡，眼睛或是盯著筆記本電腦，或是看著報紙，就連喝咖啡這種消遣時間，這些精英們也都是忙碌的。

在金融大街工作的金領精英們有著外人看上去極為體面的工作和豐厚的薪資，而外人只看得到他們風光的一面，哪知道他們的辛苦。

這些金領精英們每天承受著巨大的壓力，隨便觀察一個人的臉色，都會發現他們很少微笑，有時候連笑容也是硬擠出來的，而他們的眼窩多半是深陷的，面容多半是憔悴的，頭髮多半是稀疏的……一切都在昭示著這個行業並不好幹，競爭太大，壓力太大！

望著金融大街上各種膚色人匆忙的腳步，林東忽然心中感歎，人到底是為了生活而工作，而是為了工作而生活？如果工作不能給生活帶來快樂，那麼工作還有什麼意義？

他彷彿陷入了一個哲學怪圈而無法自拔，百思不得其解。

在他看來，生活無疑是比工作要重要很多的，而為什麼金融大街上的這些人會將工作置於生活前面呢？林東猛然想起自己在元和證券工作的那半年，那時候的他何嘗不像是今天他所看到的這群人這樣呢，步履匆匆，無暇享受生活的美好，一天到晚腦子裏只在盤算如何將工作做得更好。

他終於明白了，一切都是為了生計。金融大街上的這群人雖然有著豐厚的薪水，而他們每個人的消費也是高得驚人，豪車洋房都需要貸款，而他不同，他已經在不知不覺之中揮別了為錢發愁的生活。

錢，對於現在的林東而言，只不過是個數字而已。即使這樣，他也希望這個數字越大越好！

二人穿街過巷，沿著來時的路返回，可惜的是，並沒有看到陸虎成的龍潛公司。等到了酒店大堂，就見穆倩紅已經在焦急等待了。

她見林東和管蒼生走了進來，立馬迎了上去，問道：「林總、管先生，李弘過來說你們兩個有點事情，到底發生什麼事了？」穆倩紅還不知道兩人進了局子的事情，陸虎成害怕金鼎的員工擔心，所以吩咐李弘不要說出來。

林東笑道：「沒事了，我和管先生一早出去散了散步。」

穆倩紅抬頭看了一眼酒店大堂裏的時鐘，現在的時間已經將近十二點了，「你們散了一上午的步啊？不會是繞京城一圈又回來了吧？」她知道這兩人肯定出去有事了，不過既然他們不說，穆倩紅也沒打算打破沙鍋問到底。

管蒼生一直在旁邊微笑不語。

林東問道：「其他人呢？」

穆倩紅道：「都在上面打牌玩呢，對了，李弘說陸總會和你們一起回來的，他人呢？」

林東一拍腦袋，這才想起忘了打電話告訴陸虎成他們已經出來了，趕忙掏出手機給陸虎成打了個電話。

陸虎成正在走關係撈人，找了公安部一個得力的高官，沒想到這時林東打電話來了，接通問道：「兄弟，是不是在裏面關得著急了？我正找人呢，馬上就能撈你出來。」

林東說道：「陸大哥，我們已經出來了。」

「啊？」陸虎成驚問道，「什麼情況？怎麼出來的？」

林東笑道：「這個電話裏不方便講，你過來吧，見了面我再跟你詳細說說。」

陸虎成掛了電話，馬上給公安部的那個高管打了電話，說是人已經放出來了。那高管已經問清楚了情況，他告訴陸虎成，說那兩人是部長紀雲親自點名要放的，凌峰早上在辦公室被紀雲罵得狗血淋頭。

陸虎成有點亂了，心道難不成林東在京城裏還有別的人脈？他得問個清楚，這人脈太強了，竟然直接驚動了公安部的部長紀雲。陸虎成不是不瞭解紀雲這個人，為官清廉，脾氣火爆，若不然現在的位置可能還要高，不是個好說話的人，能讓紀雲親自下令放人，那人的背景實在是硬啊！

陸虎成揣著一肚子的疑惑，讓劉海洋開車送他去酒店。

林東沒回房間，坐在大廳裏的咖啡廳裏等陸虎成。蕭蓉蓉發來簡訊問他有沒有被放出來，林東回覆了她，並問了她舅舅是什麼人，竟然能讓京城市局的一把手親自過來放他們出來。蕭蓉蓉沒有把紀雲的身分說出來，只是說是個辦事得力有正義感的人。

對於蕭蓉蓉舅舅的身分，林東倒是愈發的感興趣了。

陸虎成很快就趕到了酒店，見到了林東，二人擁抱了一下。

「哎呀，兄弟，讓你受苦受驚了。這個凌峰，我饒不了他。」陸虎成罵道。

林東笑道：「陸大哥，就是凌峰親自放我們出來的，對了，他還要我們代他向你問好。」

陸虎成冷哼道：「他算老幾？以為我不知道啊，下令放你出來的是公安部的部長紀雲！」

穆倩紅驚得捂住了嘴巴，面露擔憂之色，急切的問道：「林總，你和管先生上午到底幹嘛去了？怎麼都驚動了公安部了。」

這時，一直沒說話的管蒼生才開了口，「小穆，別擔心，咱這不是好好的出來了嘛。早上在金融大街揍了個假洋鬼子……」

管蒼生把事情的經過一說，穆倩紅就明白了，她沒想到看上去溫文爾雅的老闆林東竟然打起架來那麼兇悍，不過這一點也不影響林東在她心裏的印象，反而覺得他更有男子氣概了。

陸虎成把林東拉到了一邊，低聲問道：「兄弟，你行啊，怎麼搭上紀雲這個關係的？」

林東自此才知道蕭蓉蓉的舅舅就是公安部的部長紀雲，說道：「我在蘇城有個朋友，知道她有個親戚是在公安部做事，所以讓你叫李剛把手機拿給我，就是為了給她打個電話。其實我壓根就不知道她的那個親戚就是公安部的部長紀雲。」

陸虎成豎起大拇指，贊道：「你那個朋友不簡單啊，有那麼深厚的背景都不顯擺，配做你的朋友。有機會我也想結識。」

林東微微一笑，若是讓陸虎成見到蕭蓉蓉，他真不知該如何介紹二人的關係。以陸虎成眼光之老練毒辣，說不定一眼就能看出來他們之間不是普通朋友的關係。

「陸大哥，咱們已經耽誤一上午了，你看下午方不方便去你的公司學習？」林東問道。

陸虎成笑道：「這有啥不方便的，走，吃飯去，吃完飯咱就過去。」陸虎成走到管蒼生身邊，笑道：「管先生，成智永那傢伙敢對你不敬，我饒不了他。」

管蒼生連連擺手，「陸兄弟，算了，我根本無心跟他爭鬥，都是過去的事情了，我不會沉溺於過往，倒是他還對我心懷恨意，難以活得開心，這已經算是上天對他的懲罰了。」

陸虎成歎了口氣，「唉，先生之胸襟令人佩服。對，成智永不配成為你的對手，瓷器不跟瓦片鬥，就放過他一馬。你們都是我的貴賓，如果這傢伙膽敢再對你們不敬，那就怪不得我了。」

管蒼生點點頭，算是默許了陸虎成的話。

穆倩紅對林東說道：「林總，我上去叫他們下來吃飯。」說完，先走一步，快步朝電梯走去。

陸虎成朝穆倩紅的背影看了一眼，笑著對林東說道：「老弟，漂亮又有能力的女人不多，怎麼人才都被你得了？」他說這話時朝管蒼生也看了一眼。

林東哈哈一笑，「我沒有陸大哥你那麼強的個人能力，所以就只能找些好幫手來彌補不足了，不然還怎麼在業內混？」

「兄弟，你盡說些好話哄我開心，哈哈。對了，今晚我帶你和管先生去個地方。」陸虎成神秘兮兮的說道。

「什麼地方？」林東問道。

「去了你就知道了。」陸虎成一副神秘莫測的樣子。

第五章

不安分的眼中藍芒

陸虎成的辦公室陳設古舊，兩排書架上沒放幾本書，
倒是放了不少瓷器罐子青銅小鼎之類的東西。
林東眼中的藍芒忽然不安分起來，
他感受到了陸虎成辦公室裏蘊含的渾厚天地靈氣，
知道表面看上去鏽跡斑斑不值錢的玩意，其實是價值連城的古董。

中午陸虎成、劉海洋和李弘三人陪金鼎投資公司過來的十幾個人一起吃了一頓簡單的午餐，午餐過後，眾人休息了一會兒，兩點鐘的時候往龍潛投資公司去了。

陸虎成叫來了幾輛車，把林東等人拉了過去。

龍潛投資公司就在金融大街裏面，不過相對於幾大國有銀行總部顯眼的位置而言。龍潛投資所在的地段可以說是偏僻了。能在金融大街佔有一席之地，這本身就說明了公司的強悍，龍潛投資公司也是國內唯一一家能在金融大街裏佔有一席之地的私募公司。光憑這一點，就可以說明陸虎成的龍潛公司天下第一私募的名頭就不是浪得來的。

金融大街是東西走向，陸虎成的龍潛投資公司在最西面，一棟看上去很歐式很破舊的樓，只有五六層高，可以說是這條街上最破最矮的樓了。車子停在這棟樓前，眾人一下車就看到了龍潛投資四個金色大字。

陸虎成站在眾人前面，笑道：「各位金鼎的朋友們不要嫌棄咱的樓破舊。其實裏面看上去還是可以的。各位請隨我來，我帶各位進去參觀一下。」

眾人呵呵一笑，陸虎成實在是太過自謙了，反而有點讓人覺得是在誇耀的感覺。

進去一看，龍潛投資公司的內部果然如陸虎成所說的那樣，要比外面看上去好太多了，內部的裝修和一切擺設都簡直堪稱奢華。一樓是大廳，設有咖啡廳和桌球室，供員工和客戶休息之用。

彭真兩隻高度近視的小眼睛在厚厚的鏡片後面直轉，小聲的對身邊的紀建明說道：「老紀，瞧瞧人家這設施。回去要不建議林總也給咱們弄個檯球室，咖啡廳我看就罷了，咱不喜歡喝那個。」

紀建明嘿嘿一笑，「你小子就做夢吧，咱們公司就一層，哪來的地方給你搞檯球室？」

彭真唉聲歎氣，連連搖頭。紀建明在他腦袋上拍了一下，「小子，咱這次可是來學習的，別瞎想了。」

彭真一噘嘴，「我知道，忘不了。」

為了方便參觀整個龍潛投資公司，陸虎成帶著他們沒坐電梯，走樓梯一層一層往上走。從第二層開始，一直到六樓，這都屬於工作區域。

到了第二層，陸虎成將林東一行人請了進去，裏面正在工作的龍潛員工看到老闆帶著一群陌生人走了進來，紛紛抬起了頭，互相打聽這夥人是從哪兒來的，是什麼身分。

陸虎成介紹道：「二樓是我們的情報部門，他們因為經常要外出，所以就安排在了二樓，方便他們出去。朋友們請看，是不是覺得這偌大的辦公室有點空空蕩蕩的感覺？」

金鼎投資公司一行人紛紛點頭，這間辦公室目測至少有五百多個平方，不過一眼望去，絕大部分辦公桌上都是沒人的，初步估計，留在辦公室裏的工作人員不超過十個。

陸虎成朝裏面吼了一聲，「趙三立，快給我滾出來，有客人來了。」

語音剛落，只見一個圓滾滾身材的矮胖子從一間小辦公室裏跑了出來，邊跑邊叫：「怎麼啦怎麼啦？」

陸虎成招招手，「你過來，我給你介紹一下。」

趙三立跑到陸虎成身邊，「陸總，啥事？啥客人？」

陸虎成指著面前，「老趙，這些都是我的貴客，來自金鼎投資公司。」指著最前面的林東說道，「這位是林總，你們認識一下。」

趙三立知道陸虎成和林東的關係，伸出雙手握住了林東的手，顯得極為熱情，一看就是和人打交道打得太多了，已經成人精了。

「林總，你好，久聞大名了，沒想到見面了還是讓我吃了一大驚，您太年輕了，年輕有為啊……」趙三立滔滔不絕的說了一堆恭維的話，林東不得不承認這個

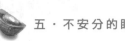

趙三立的嘴皮子很厲害，令他都有點飄飄然的感覺了。

「行了行了，林總是我兄弟，老趙你別當成你搞關係的對象了。」陸虎成打斷了趙三立的話，若不然他還能說出一大段話來。

林東笑道：「趙哥，你太熱情了，其實咱們這次是來學習的，還請您多多指教。」

「不敢當、不敢當。」趙三立呵呵笑道。

林東把紀建明叫到前面來，介紹道：「趙哥，這是我公司情報收集科的紀建明。」

紀建明一拱手，「小弟紀建明，還請趙哥不吝賜教。」

陸虎成吩咐道：「老趙，你把紀兄弟帶過去，你們好好聊聊，互相學習，你不要藏私啊。」

趙三立得了陸虎成的吩咐，點點頭，笑道：「紀兄弟，請你跟我來吧，咱們裏面好好聊聊。」

紀建明叫上了隨他一起來的情報收集科的杜凱峰，讓他跟著一塊學習。

趙三立是個熱心的人，帶著紀建明和杜凱峰往裏面走，邊走邊說：「其實啊，我覺得我們搞情報收集的，其實就是搞關係……」

陸虎成道：「大家別看這麼大的辦公室就這點人，其實趙三立的關係部是整個龍潛公司最大的一個部門，如果全部到齊了的話，兩個這麼大的辦公室都坐不下。你們叫情報收集科，我們叫關係部，老趙說的沒錯，搞情報就是搞關係。這個部門足足有上千人，我從來不要求他們準時來上班下班，他們是自由的。我給足夠的時間讓他們出去搞關係，關係好了，自然消息就多了。」

龍潛公司的關係部遠非看上去那麼簡單，一般的員工只能去跑一些上市公司，明察暗訪來搜集情報，而真正厲害的角色，則是那些從不在公司露面的人，他們很多人是由陸虎成單線聯繫的。

那幫人為數不多，只有大概二十個，不過個個的背景都不容小覷，在國家的各個部委甚至更高的部門都有關係。國家一有什麼政策要出台，通過那些人的關係，陸虎成總能搶先他人一部知道。中國的股市是政策市，所以掌握了政策，其實就掌握了市場。

當然，幫陸虎成跑部委的這些人是不會看上小錢的，所以陸虎成每年為此付出的也可以說是一個天文數字。不過他不在乎，一來是龍潛太有錢了，二來是那些消息對他太有價值。

地方政府在京城都設有駐京辦，而陸虎成的龍潛公司則在各個部委都也設有類似的「部門」。正因為手握這麼一個秘密武器，才讓陸虎成從來不會走錯方向。

龍潛公司的強大讓金鼎公司一行人都心感震驚，雖然來時他們已經做好了準備，到了現場仍是大吃一驚。金鼎公司所有部門加起來也不到百人，而龍潛公司光一個關係部就有超過一千人！實力之強悍，令在場的金鼎眾人不得不深感差距之大，真是不出家門不知天下之大！

參觀完二樓，陸虎成帶著林東等人往三樓走去。

三樓是龍潛公司的分析部門，對關係部搜集來的資料進行分析。而在金鼎投資公司，是沒有分析部門這個說法的，資產運作部就是集分析與操作為一體的部門。陸虎成說分析部門要比關係部更為重要，因為分析搜集來的資料要比搜集資料更難，如何能做到去偽存真，這就是分析部門所要做的事情。龍潛公司就像一艘龐大的艦艇，與之相比，金鼎投資公司就如一艘小船一般。雖然金鼎公司一行人只是粗略的看了看，也能深感二者差距之大。

分析部門雖然沒有關係部有那麼多的人，但人員也不少。與關係部辦公室的冷冷清清相比，三樓的這個部門要熱鬧的太多。陸虎成帶著林東一行人進去的時候，就感到了這裏的溫度要明顯比下面高三四度，人聲鼎沸，一眼望去全都是人，來來往往，所有人都在有條不紊的忙碌著。

在這裏，陸虎成的出現並沒有引起分析部員工的注意，有的人即便是看到了他，也就當沒看到一樣，連聲招呼都沒打。

陸虎成笑道：「大家一定覺得奇怪，為什麼他們會把我這個老總當成空氣？其實這是我吩咐過的，在我的公司，效率永遠是第一位的。繁文縟節，我所不喜，所以公司章程裏就有這麼一條，見到領導不必打招呼。呵呵，也算是我的獨創吧。分析部在公司的地位之重是沒有任何一個部門所比擬得了的，這個部門大概有三百人，他們每天要分析成千上萬的資訊。在這裏做一年，我敢肯定，閱讀量絕對不會少於一千萬字！關係部每天都會從全國各地傳來資訊，而對這些資訊的分析、整合、總結就是分析部所要做的事情。」

陸虎成頓了一頓，把即將要從他身旁走過的一名員工拉住了。說道：「麻煩你去把司空琪叫過來。」

那人一個字都沒說，點了點頭就走快了，很快就見一名身材豐腴的女人走了過來，看上去大概有四十歲左右。若論相貌，金鼎公司任何一個女人也要比她強十倍。

陸虎成笑道：「林兄弟，我的公司不比你的公司，你的公司是清一色的美女。我這裏只要是有才之人，就算是滿臉麻子我也要。」

司空琪走了過來，大大方方笑道：「陸總，又在說我醜了是吧？」

陸虎成把司空琪請到面前，說道：「各位，這就是我們公司分析部的老大司空琪，我稱之為比男人還爺們的女人！」

司空琪哈哈一笑，「我們陸總總是會以最平實的語言來赤裸裸的揭露別人的傷疤。沒法子，我天生長成這樣。靠男人是靠不住了，只能靠自己。」

金鼎公司眾人哈哈一笑，對這個胖女人司空琪都很有好感，司空琪以她的大方熱情征服了他們。

陸虎成道：「各位，我來給你們介紹介紹司空大美人吧，她十三歲就讀完了高中，十五歲就拿到了經濟學博士的學位，然後到美國哈佛大學進修，又拿了個哲學博士的學位，在哈佛大學也是個傳奇人物。即便是各位現在去哈佛大學，那裏的學生都知道曾經有個那麼傳奇的中國女孩在這裏讀過書。二十歲的時候她就進了華爾街，在大摩工作了十年，曾是那裏最年輕的投行顧問，組織過多家企業成功在美國上市。有許多中概股就是經她之手成功在美國上市的。大夥兒可能都知道紫盛控股上市的事情，紫盛董事會起初把每股的股價定為八塊，而司空琪卻將這個價格翻了倍，經過她的策劃，紫盛控股在上市當天遭到了全美投資者的瘋搶。」

在場眾人多半都知道紫盛控股當初在美國上市的盛況，不過很少人知道這背後是司空琪在運作。聽陸虎成那麼一說，眾人對司空琪除了好感倍增之外。還有多了十分的佩服。

司空琪笑道：「其實陸總說的太玄了，當初我在大摩的時候，不光是我一個人在做事，成功運作紫盛上市，其實是團隊的功勞。」

「陸總，您能說說您是怎麼把司空姐那麼強悍的人才挖到你的公司的嗎？」站在林東身旁的楊敏開口問道，在她眼裏大摩當然要比龍潛強很多，所以司空琪怎麼到龍潛的是她最感興趣的。

陸虎成哈哈一笑，「小妹妹你是要我自揭瘡疤了。司空大美人到我的公司也有八九個年頭了，就算是現在想起來當年我遊說她加入的經歷，我都還感到害怕。」

陸虎成這麼一說，金鼎眾人對這件事就更加感興趣了。

陸虎成回憶起當年之事，笑道：「我和司空大美人是同鄉，都是東北人。那年春節過年她回來過年，我那時候的公司還剛剛起步，回到老家聽說她也回來了，也不知哪來的膽子，冒著大雪就朝她家去了。哎喲，你們是不知道，她家老倆口看見我進門那有多高興，以為我跟她正在交往呢，很熱情的招待了我。我糊裏糊塗就在她家吃了頓飯，後來我跟她說起了正事，司空大美人二話沒說就趕我出門。對了，你當年問了我三個問題，是怎麼說的？」

司空琪笑道：「第一個問題是你公司規模多大，你說有十來個人。第二個問題是你能給我多少錢，你說一個月兩千。第三個問題是你怎麼還不滾蛋，你說你看上我了。唉，我正是被你這句話騙上了賊船。」

陸虎成嘿嘿一笑，「所以我才說當年遊說你加入是多麼一件令我害怕的事，如果你當初要求跟我領結婚證，那我這輩子就算是完了。」

楊敏自問自己若是聽了這番話心裏肯定會很難受，而司空琪的反應卻令她很震驚，因為她一點都不難受，臉上的笑容更加燦爛了。

「我猜諸位一定是還想知道接下來的事情吧，那我就告訴諸位，反正這在龍潛公司已經成了公開的秘密。你瞧咱們陸總長得高大魁梧，多有男子氣概，當年我一眼就相中他了，所以糊裏糊塗就決定跟他幹了。過完年後我去了趟美國，把工作辭了，收拾東西來到了京城。後來我和陸總又談了兩年，發現彼此實在是不適合做情侶，所以就分開了，導致咱倆到現在都是未婚。」司空琪的笑容中夾雜著一絲落寞。

陸虎成自認為有愧於她，歎道：「我承認我當年的手段有些卑鄙，不過我真的嘗試過和司空琪交往，雖然最後以失敗告終，但慶幸的是咱們能成為現在這樣的好朋友。可以這麼說，司空琪是天底下最瞭解我的女人。沒有她，絕不會有龍潛的今天！」

司空琪擦了擦眼角，笑道：「讓諸位笑話了，我們陸總這個人最大的能耐就是哄女人，是笑是哭，任憑他一張嘴控制。」

林東把崔廣才叫了過來：「老崔，你帶著資產運作部的同事去向司空姐取經。」

司空琪熱情的把崔廣才三人帶了過去，陸虎成帶著剩下的人在分析部的辦公室裏轉了一圈，詳細介紹了一下分析部工作的流程。林東最大的感受就是分析部的人雖然很多，但各司其職，分工明確，就如一部龐大機器上的各個零件，所有人都處於合理的位置上。

參觀完了分析部，樓上就是操作部了。

在樓梯上的時候陸虎成就說了，如果今天來的不是林東這夥人。他是不會帶去操作部的。操作部可以說是龍潛這條生產線的最後環節，是出成果的環節，涉及到許多秘密的操作計畫，即便是龍潛本公司的人也不是人人都可以進去的。

用陸虎成的話來說，人心隔肚皮，龍潛公司好幾千人，難保有一兩個是敵對公司打入內部的奸細，操作部是直接執行公司計畫的部門。操作計畫是千萬不能外泄的。

果然，林東一行人一進了操作部，裏面六百多個操盤手全都是一臉的驚訝。不過看到他們是老闆帶進來的，也沒人說什麼，只不過心裏都藏著疑惑。

陸虎成提高了音量，說道：「大家不要緊張，這是我們兄弟公司過來參觀的，大家表示表示歡迎。」

三百個操盤手一起起立鼓掌，掌聲雷動，場面頗為壯觀。

龍潛操作部的主管叫于兵，見兄弟公司來了人，主動走了過來。

陸虎成笑道：「介紹一下，于兵，這是金鼎投資公司的林總和他的愛將。」

于兵看上去不是怎麼善於言談，和林東握了握手，然後朝著眾人笑了笑。

陸虎成道：「于兵是個外號『榆木疙瘩』，不怎麼會說話，和趙三立是兩個極端。」轉而對于兵說道：「交給你個任務，跟林總一行人介紹一下咱們的操作部。」

于兵憨憨一笑，點點頭，「各位看到沒有？這間大辦公室被隔成了八塊，也就是八個區域。咱們龍潛一共有二十個大產品和八十個小產品，這八個區域分別負責不同的產品。一個區域長期負責操作一個產品，對產品的熟悉程度會很高，這樣做就是為了提高效率，也容易形成競爭。」

林東心中的震撼是最大的，想到自己的資產運作部是集分析與操作為一體的部門，總共人數加起來還不到五十人，與龍潛比起來，簡直連小蝦米都算不上。此次來龍潛參觀最大的感受就是刺激了他，重新燃起了他的爭勝之心。與超一流的私募公司比起來，他的金鼎投資公司實在算不上什麼。

林東在心裏暗下決心，一定要在兩年之內將金鼎投資公司打造成超一流的私募公司，躋身於國內一線行列！

于兵的介紹毫無誇張和花哨之處，語言平實，將龍潛公司操作部的格局介紹完之後，又介紹了一下龍潛目前主推的產品。二十大產品之中有四個產品是重中之重，這四個產品最小的也有兩百億的規模，比許多基金公司運作的產品規模還要大。

按照于兵所言，這兩年因為行情下行的緣故，龍潛眾多理財產品的規模都在縮水，以前如果是個一百億規模的產品，那麼在他們公司只等算得上中等規模的產品，現在已經算得上上等的了。這讓林東等人驚呼不已，殊不知許多小的私募公司所有產品加起來也不過億，而在龍潛公司，一百億的產品只能稱得上中等。

陸虎成道：「龍潛公司的名聲在外，只要我們一發新的產品，肯定不缺認購者。同時，我們在各大城市都有分支機構，所以能從各個地方吸納資金，所以產品的規模較大。其實運作起來的難度也很大，如果沒有那麼龐大的機構支撐，運作那麼大一筆資金，能不賠錢就算是牛人了。這也是為什麼龍潛公司的關係部、分析部和操作部會有那麼多人的原因。」

于兵看到了站在林東身後的管蒼生，覺得非常像中國證券業的傳奇教父管蒼生，還以為自己認錯了人，仔細盯著看了一會兒，覺得十分的相像，壯起膽子走到管蒼生面前，問道：「您好，請問您是管前輩嗎？」

管蒼生呵呵一笑，「沒想到還有人認得我這個老頭子。」

「您真的是管前輩啊！」于兵的聲音中透露著激動，整個人都興奮了，聲音很大，周圍的操盤手沒有不知道管蒼生的，這才紛紛朝這群人中看去，果然看到了一個身穿破舊老棉襖的小老頭子，相貌與管蒼生倒是極像，只是氣質就差遠了，完全沒有管蒼生那種藐視群雄的霸氣。

陸虎成咳了一聲，「咳咳，于兵，在你面前的是如假包換的管蒼生，我還以為你們操作部個個都是瞎子呢，這麼久才有人認出管先生來，失敗啊失敗！」

眾人聽到了他的話，安靜的操作部立馬就沸騰了，已經過了收盤時間，所有操盤手都已無事可做，因而都圍了過來，想要一瞻管蒼生的風采。不過現在的管蒼生顯然讓很多人失望了，這群人都是看過管蒼生的傳記的，那本書裏有幾頁彩印，照片上的管蒼生是何等的意氣風華，讓眾人很難將眼前的小老頭與心目中的管蒼生相驗證。

龍潛公司的操盤手們將管蒼生圍的一層又一層，眾人起初是興奮，但看到管蒼生如今這副模樣，臉上的神情漸漸就變了。過了一會兒，眾人皆是一臉難以置信的神色，看到心目中的偶像落魄到如斯地步，的確是很難讓人接受。

哀歎聲四起，有些人開始離去，圍觀管蒼生的人越來越少。

金鼎一行人面子上多少有些難看，管蒼生卻是眾人之中最淡定的了。林東心想若是自己遇到這樣的情景，心裏肯定會不舒服。他很在意管蒼生心裏的感受，轉臉朝他看去，卻發現管蒼生面帶笑意，這表情自始至終都沒有變過，仿似這笑容已經凝住了。

林東心中讚歎，那麼多年的沉沉浮浮，管蒼生已經達到了寵辱不驚的境界！這份淡定從容，真是可怕！有此想法的不僅是林東一人，陸虎成也一直在暗中注意管蒼生臉上表情的變化，不過令他失望的是，無論是剛開始眾人慕名而來的圍觀，還是後來失望的散去，管蒼生臉上的表情永恆如一，一點都沒有變過。

陸虎成曾在心裏將管蒼生假想為自己的敵人，而他設想的管蒼生是十幾年前那個睥睨天下的管蒼生，驕傲自大、狂妄到不可一世是他的風格，同時也是他的缺點。陸虎成曾想若是二人交手，他或許能夠針對管蒼生的這些缺點設計圈套引他往裏鑽，而現在的管蒼生全身銳氣盡斂，呈現出可怕的冷靜，令他瞧不出絲毫的破綻，簡直無從攻擊，若是與之交手，陸虎成心裏實在沒有幾分勝算。

于兵從辦公室裏拿了一本管蒼生的傳記走了過來，遞上筆，十分恭敬的問道：「管先生，可否求一個您的親筆簽名？這本書我珍藏了許久，翻閱了無數遍了，您鬼斧神工如同天外飛仙的操盤手法，我至今仍是有許多地方琢磨不透，實在佩服的緊。能見先生一面，足慰平生，我無憾矣！」

管蒼生含笑點頭，拿起筆在扉頁上工工整整的寫了一行字：管蒼生留字於君。

于兵看著扉頁上的那一行字，若獲至寶一般，臉上一臉的滿足之態。

陸虎成哈哈笑道：「于兵，整個操作部就你還有點眼光，不錯不錯，就憑這一點，你做他們幾百人的頭頭就是應當的。」

于兵憨憨一笑，撓了撓腦袋，似乎還不明白為什麼老闆會誇他。

「操盤部相當於是一個體力活，比的是速度，這個部門也是最重效率的，因為效率可以直接體現出來。無論是建倉搶籌還是殺跌撿肉，首要的還是速度。如果沒有足夠快的速度，那麼勢必要付出更高的成本。能進入我的操作部的操盤手都有一個基本的要求，要對鍵盤非常之熟悉。每分鐘的打字速度不能低於五百字，閉著眼睛也要能說出摸到的鍵位是什麼。」

于兵頗為得意的說道。

龍潛投資公司針對不同部門不同工作對員工提出了不同的要求，這無疑能夠將效率最優化。這讓林東想起自己的金鼎投資公司，與之比起來就差很多了，招聘新員工的時候完全沒有一套成熟的考量標準。

人才是一個公司長盛不衰的活力，必須要重視起來。

林東對身旁負責金鼎投資公司人事的楊敏說道：「小楊，記下來于經理剛才的那番話，這對我們公司以後的人事方面很有啟發，回去之後你要好好做一個總結。」

楊敏點點頭，她心裏受到的啟發並不比林東少。

陸虎成帶著金鼎眾人離開了操作部，在上樓的時候說道：「關係部、分析部和操作部是龍潛最大的三個部門，也是最重要的三個部門。因為龍潛的攤子太大，所以以上三個部門的人數肯定是少不了的。出於精簡機構的考慮。剩下的幾個部門就要小太多了。公關部我們也有，不過只有不到三十人。人事部只有四個人，對了，還有行政部的八個人。這三個部門都因為人數較少，所以都集中在五樓一層。」

楊敏問道：「陸總，你們公司好幾千人，為什麼人事部只有四個人？四個人能忙得過來嗎？」

陸虎成笑道：「問得好啊。小妹妹，我可以這麼告訴你，他們四個人不僅忙得過來，每天還相當的輕鬆。一個公司如果人員流動性太大，比如保險和證券公司，那麼證明這個公司沒有凝聚力，給不了員工幸福感與安全感。而我的龍潛投資公司，不僅給得起私募界裏最高的薪水，而且各方面的福利也要比公務員還好。對於有潛力的員工，公司會不遺餘力的栽培，每年都有一批被送到華爾街學習的員工。薪水、平台、空間，這三大要素我的公司都能給得起，進來的人有什麼理由要跳槽呢？況且我的公司不是那麼好進的，毫不誇張的說可說是千裏挑一！在我的公司，一年離職的人數不會超過五根手指。公司現在又不急於擴張規模，所以基本已經不對外招聘。小妹妹，可以說人事部的四個人是整個龍潛公司最輕鬆的四個人。」

楊敏若有所悟的點點頭，笑道：「陸總，在您公司工作真幸福。」

陸虎成哈哈一笑，「小妹妹，你的老闆可就在旁邊，你說這話不怕他回去找你算賬嗎？」

楊敏是個鬼機靈，聽了這話，笑道：「其實我後面還有一句，還是在金鼎工作最幸福。」

陸虎成點點頭，「我這人一直強調效率，在沒有你們金鼎之前，我公司的員工也確是業內效率最高的，不過現在不是了。從去年的盈利來看，你們不到五十人的公司在短短半年之內創造了過百億的利潤，平均到人頭，金鼎的效率已經超過龍潛很多了。據我所知，你們老闆我的兄弟也很大方，年終的時候給公司每個人都包了一個大紅包。小妹妹啊，在金鼎的確要比在龍潛幸福喔。」

林東笑道：「陸大哥何必自謙！今天我來到你的公司才感覺到什麼是侏儒與巨人的對比，在你的龍潛面前，我的金鼎連個侏儒都算不上。你可知道，你的一個中等規模的產品抵得上我整個公司所操作的資產！」

陸虎成道：「你總有一天會趕得上我的。」說完，朝管蒼生一笑，「是吧，管先生？」

管蒼生微笑不語。

陸虎成堅信管蒼生現在的境界要比十幾年前更高，林東有他輔助，金鼎必能一日千里。

金鼎眾人見陸虎成對管蒼生如此看重，這個中國私募第一人都對管蒼生尊敬有加，看來管蒼生應該是寶刀未老，不日將重放光華。

到了五樓，陸虎成將這一層的三個部門的員工都召集了過來，因為地方空曠，有很多座位，就讓金鼎一行人分別找與之對應的部門進行交流。

陸虎成把林東和管蒼生拉到一邊，笑道：「我的辦公室就在樓上，二位有沒有興趣上去一看？」

林東笑道：「很有興趣，我一直很想看看天下第一私募陸虎成的辦公室是何等的模樣！」

管蒼生也點點頭，「所有公司老總的辦公室向來都是一個神秘的地方，我也很想看看陸兄弟的辦公室。」

「恐怕要讓管先生失望了。」陸虎成哈哈一笑，帶著二人上樓去了。

整個六樓都很空蕩，除了陸虎成在這裏有一間辦公室外，分析部的司空琪在這裏有一間辦公室。司空琪除了是分析部的負責人，同時也是龍潛投資公司的副總經理，在龍潛的地位僅次於陸虎成。

陸虎成深知龍潛能有今天，司空琪的貢獻有多大，所以不僅給了她一人之下萬人之上的副總位置，而且每年公司的分紅，司空琪也有將近陸虎成的一半。陸虎成花錢如流水，從來沒有任何節制，而司空琪則精打細算，絕對是個理財高手，投資了不少專案。此長彼消，若是論身家，司空琪不會比陸虎成少很多。

陸虎成帶著林東和管蒼生到了辦公室的門前，門是精鋼打造的，看上去十分沉重，他伸手往門神的一塊液晶顯示器上一按，門內滴答響了兩聲，門就開了。

「二位，請進吧。」陸虎成側身道。

林東笑道：「陸大哥，你們這玩意兒我只在美國大片裏看過，太高科技了吧。」

陸虎成嘿嘿一笑，「糊弄人的玩意兒，你們進去看看就知道了。」

二人走近一看，陸虎成的辦公室陳設古舊，兩排書架上沒放幾本書，倒是放了不少瓷器罐子青銅小鼎之類的東西，看上去與他天下第一私募的名頭不是很符合。

管蒼生看了一圈，不住的點頭讚歎。

林東眼中的藍芒忽然不安分起來，他感受到了陸虎成辦公室裏蘊含的渾厚的天地靈氣，這才知道這些表面上看上去鏽跡斑斑不值錢的玩意，其實都是價值連城的古董，也就難怪他要在外面弄了那麼一個門了。

「怎麼樣，是不是有些失望？」陸虎成笑問道。

管蒼生望著滿屋的古玩，笑道：「陸兄弟，你這辦公室裏值錢的玩意兒可真不少啊！」

「看出來了？」陸虎成呵呵一笑。

轉觀林東，自從進了陸虎成的辦公室之後，他眼裏的藍芒就不安分起來，陸虎成的辦公室裏擺放了太多古物，這些古玩蘊藏的天地靈氣十分濃郁，隨著他目光的轉移，瞳孔深處的藍芒迅速的躥了出來，貪婪的吸收這小小空間之內的天地靈氣，連帶著林東臉上的表情也變成了一副貪婪的模樣。

管蒼生對古玩頗有研究，陸虎成遇到了同好知己，拉著他介紹起這室內的東西來。二人談興正濃，倒是把林東拋在了一旁，若是他倆此刻看到林東的表情，一定會很驚訝，若是看得仔細些，看到他眼中一鼓一鼓正在壯大的藍色小點，或許可能會嚇得驚呼起來。

魔瞳的成長需要大量的天地靈氣，陸虎成這間辦公室裏雖然藏有不少古玩，不過對魔瞳的需求而言，只能算是冰山一角，遠遠不夠。不過半分鐘的功夫，這狹小空間之內的天地靈氣就已經被魔瞳吸了個乾淨。

藍芒似乎打了個飽嗝，繼而又打了個哈氣，回到瞳孔深處，昏昏沉沉的睡了過去。

林東的表情恢復如常，聽到陸虎成正在給管蒼生講解那只青銅小鼎的來歷。

「管先生，你瞧瞧這三足兩耳的青銅小鼎，這是我在琉璃廠淘來的。你猜猜多少錢弄來的？」陸虎成一臉興奮之色，想必是當初得了這小鼎的時候撿了個大漏。

管蒼生笑道：「你讓我猜我就猜一個，不會是五十塊吧？」

陸虎成哈哈一笑，「大差不離！賣主是個十七八歲的小青年，懷揣著這只小鼎在琉璃廠轉悠，那天也該我走運，正好他見我在看東西，把我拉到一旁說是有好東西，問我想不想看看。」

陸虎成來了興致，請管蒼生坐下，林東也坐在旁邊聽他說撿漏的故事。

「我瞧他賊眉鼠眼的樣子，心想他的東西估計來路不正。本來不打算理他的，這傢伙看我不搭理他，把懷裏的小鼎露出了一隻腳給我看。我一眼就看出來這是個好東西，心想就算這東西來路不正我也要了，就和他找了個偏僻的牆角。

「那年輕人說這東西是他和他師父一起在古墓裏挖出來的，他師父死了沒留一分錢給他，實在沒法子了，只能把東西拿出來賣了。我已看出來那是個好東西，反而裝出一副不著急想要的模樣，說他的東西是假的。那小傢伙涉世未深，被我幾句話就給哄住了。我開價一百塊。他有點捨不得，說東西是拿命換來的，太少了。我說你們盜墓，那是犯法的，東西是應該充公的。沒想到真把他給嚇住了，要我再添點，我又加了五十，小傢伙就把它賣給了我。

「回來之後我找專業人士看過了，確定這是西周時代的一尊青銅鼎，鼎身上刻有一些字，大概的意思就是說，墓的主人是個侯爵的身分，戰功赫赫。」

管蒼生道：「果真是無商不奸，陸兄弟，你算是撿了個天大的漏了！」

陸虎成道：「那可不是，這只保存完好的周鼎現在能拍出幾個億的價錢！不過兄弟我的運氣似乎也在那一次用完了，後來我多次去琉璃廠那邊，一件好東西都沒淘到。我想那小傢伙的手上可能還有些好東西，所以就經常在琉璃廠那邊轉悠，希望能再次見到他，可事與願違，我再也沒有見到過他。這滿屋子的東西，多半是我花大價錢買來的，好在這些年古玩升值的很快，我總算沒有虧過。」

管蒼生手指著書架上的一隻硯台，笑問道：「那件呢，你多少錢買來的？」

陸虎成一拍大腿，驚叫道：「哎呀，管先生深藏不露，著實給了我一大驚喜啊！」

林東問道：「到底那硯台有何特別？」

陸虎成道：「林兄弟，我這架子上除了那硯台，任何一件東西要我送人我都會心疼，不過那硯台嘛，你若是喜歡，我分文不收，拿走就是。」

林東明白了，笑道：「哈哈，敢情是個贗品！」

陸虎成點點頭，「管先生眼光毒辣，瞞不過他。那只硯台是我花了五十萬買來的，說是清宮裏的東西，看走眼了，其實就是個做舊了的高仿品，一文不值。」

「陸大哥，既然是件假貨，那你還為何擺在架子上？」林東不解的問道。

陸虎成歎道：「我的用意是要時刻警醒自己！在古玩界，資格再老的人也有看走了眼的時候，我不過是賠了五十萬，有的人五千萬五個億都賠過，我算是幸運的了。」

管蒼生道：「的確如此，玩古玩的多半是沉迷於其中，這就難免對喜愛之物帶有感情。越是大家遇到罕見的東西越是興奮，很可能主觀的就認為這是個真東西，因此而影響了自己的判斷力，遭致極大的損失。」

「正是這個道理！對於喜愛之物，誰又能做到不動心呢？人有欲念就有破綻，最可怕的就是那種無欲無求之人。」陸虎成歎道。

林東笑問道：「陸大哥，你這辦公室裏那麼多值錢的東西，放在這裏似乎有些太顯眼了，你不怕招人惦記嗎？」

陸虎成哈哈笑道：「林兄弟，這就是我的用意了，試問誰會想得到我把這麼好的東西放在辦公室裏？可以這麼說，進過我辦公室的人都以為這些全都是裝飾用的假貨。如果今天不是二位進來，我也不會得意忘形拿出來顯擺。」

陸虎成對他倆的這份坦誠令二人動容，足見陸虎成是個值得深交的漢子！

陸虎成就是這樣一個人，面對敵人，他是個智計百出陰險狡詐的小人，而對於朋友，他則是心懷坦蕩無所隱瞞的真漢子。

他好不容易才等到兩個可以放心說話的朋友過來，所以就纏著林東和管蒼生一直說個不停，幾乎將架子上的古玩全部說了個遍。為了能得到喜歡的東西，陸虎成也吃了不少的苦。

林東沒有搜集古玩的愛好，所以很難體會到他那份遇到好東西志在必得的想法，只覺有些荒唐。而管蒼生則不然，十幾年前他風光的時候，也曾玩過古玩，接觸過圈內不少大家名家，他們身上的故事只會比陸虎成多，說到辛苦，陸虎成那些事還算不上。

「古玩界有個叫劉三民的前輩，當年為了能從民間淘到好東西，把自己打扮成叫花子，輾轉去過不知多少個山溝溝，期間幾經生死考驗。那份辛苦根本就不是一般人可以承受的。」陸虎成道：「劉三民前輩在做叫花子的那幾年收獲頗豐啊！著實給他淘了不少好東西。我若不是有太多俗事纏身，倒也想去流浪天涯，做幾年叫花子，順便淘寶撿漏呢。」

林東呵呵一笑，「可惜陸大哥你被太多事羈絆，願望也只能幻想一下了。」

陸虎成點點頭笑道：「時間不早了，今晚是咱們搞一個龍潛公司與金鼎公司的大聯歡，二位覺得如何？」

「飯桌上最好談事情，有助於員工們交流，我當然贊成的。」林東說道。

陸虎成道：「既然如此，那我就去安排了。二位稍坐。」

第六章

唯有酒陪伴的灰暗時光

紀建明瞧管蒼生喝醉酒那麼痛苦，怎麼也想不明白為什麼不能喝還要死撐。
他卻是不知，管蒼生年輕的時候酒量不比陸虎成差，
同樣也是個好酒如命的主兒，只是後來在牢裏關了那麼多年，
頭幾年一直心結難解，到後來能夠心平氣和的接受現實，
是酒陪伴他度過了人生最灰暗的時光。

五點多鐘，京城外面的天色就已經暗了下來。站在陸虎成辦公室的窗前向外遠眺，金融大街燈火輝煌，街道上人來人往，各式豪華轎車川流不息。不知何時下起了小雪，窗外鹽粒般的雪花飄蕩，落在繁華的京都，視線之內一片迷茫，有種虛幻的真實感。

這時，林東的電話響了，拿起來一看，是高倩打來的。

高倩知道林東到了京城，思念的緊，若不是工作纏身，她早就奔過來看他了。

「東，你在哪兒呢？」高倩的聲音略顯興奮。

林東道：「我在陸大哥這裏，帶著公司的員工來他的公司參觀學習。」

陸虎成正好走了進來，聽到二人的談話，笑道：「林兄弟，是弟妹吧？要不叫她也過來，今晚咱們好好熱鬧熱鬧。說實話，弟妹長什麼樣，我還真是有些期待呢。」

管蒼生呵呵一笑，心道陸虎成這個純爺們也有碎嘴的時候。

林東笑道：「倩，你聽到了沒？今晚兩家公司聯歡，陸大哥誠邀你過來呢。」

高倩最喜歡熱鬧了，笑道：「我聽到了，難得今晚沒事，你告訴我地址，我馬上過去。」

掛了電話，林東把酒店的名字發給了高倩。

劉海洋推門走了進來，朝管蒼生和林東點點頭，「陸總，金鼎的同事們已經在一樓的咖啡廳集合好了，咱們什麼時候出發？」

陸虎成道：「時間差不多了，現在就出發。」

林東和管蒼生起身離開了陸虎成的辦公室，乘電梯到了一樓，瞧見彭真等人正在玩桌球，而穆倩紅和楊敏等人則在優雅的品著咖啡。

林東走了過去，彭真等人看到了他，都放下了球杆。

「各位今天可有何感受？」林東笑問道。

彭真咧嘴一笑，「最大的感受就是一樓的檯球室太棒了。」

紀建明在彭真腦袋上摸了一把，「你小子，我看你這次是來吃喝玩樂的了。」

彭真嘿嘿一笑。

林東笑道：「彭真，你等著，咱們金鼎也會有這些的。」

這話令彭真很興奮。

劉海洋和李弘走了過來，開口道：「各位隨我登車去吧。」

眾人出了龍潛公司的大樓，劉海洋已經安排好了車，載著眾人朝酒店去了。

到了那兒，龍潛的領導層已經到了。兩方人經過下午的交流，彼此間熟悉了不少，再也沒有初見時的拘謹，很快就打成了一片。

李弘定了酒店最好的包廳，兩方人數加起來有二十幾個，所以席開兩桌。

進了包廳，陸虎成知道高倩還沒到，就讓眾人先好好聊聊。

高倩下榻的酒店距離金融大街這裏並不是很遠，她以為很快就能趕到，出門才知道高估了京城的交通狀況，不到二十里路，她開了整整兩個小時才到。

晚上八點，高倩才趕來。

陸虎成一直沒有下令開席，所以眾人雖然腹中饑餓，也沒有人開口。等到高倩到了，陸虎成就讓李弘去通知上菜。

「抱歉各位，我來晚了，在路上堵了兩個小時，都急死我了。」

金鼎眾人都認識高倩，這邊龍潛的一幫子人見到進來的是個如花似玉的大美人兒，心裏本來有點怨氣的也都沒了。

陸虎成走了過來，笑道：「林兄弟，這就是弟妹吧？」

林東把高倩帶到眾人面前，介紹道：「她叫高倩，是我的女朋友。」

趙三立笑道：「郎才女貌，絕配啊，恭喜林總覓得如花美眷！」

果然是個人精，見縫插針。

陸虎成道：「各位入座吧，大傢伙都餓了。」

高倩心知是因為等她才連累眾人到現在還沒吃飯，抱歉一笑，說道：「待會我自罰三杯。」

龍潛大多數都是北方人，向來對南方人心存偏見，聽到高倩這句豪情萬丈的話，倍感親切，不禁對她好感大增。

司空琪越瞧高倩越是喜歡，拉著高倩的手，笑問道：「妹子，你是女人，遲到就遲到了，他們誰也怪不得你，如果不能喝，那就別喝，沒事的。」

林東笑道：「司空姐，你可別小瞧了高倩，她的酒量至少能讓全中國百分之八十的男人拜服！」

司空琪「哦」了一聲，笑道：「那待會我可要見識見識了。」

眾人落座，菜很快就上來了。菜品十分豐富，水陸雜陳，天上地下、山裏海裏的都有。

劉海洋把陸虎成車裏的一箱東北小燒搬了進來，陸虎成笑道：「林兄弟、管先生，我記得上次管家溝一別，二位提出到京城一定和我喝這酒，我記得，所以今天特意帶來了一箱，足夠咱們盡興的了。」

林東道：「陸大哥，這酒太烈，恐怕不是人人都喝得慣。」

陸虎成道：「放心吧，大家想喝就喝，不想喝還有別的酒嘛。」

高倩站了起來，說道：「陸大哥，給我一瓶。」

「還是弟妹豪爽！」陸虎成豎起大拇指，遞給高倩一瓶。

高倩倒了滿滿一杯，端起酒杯，笑道：「今晚我讓各位餓著肚子等了那麼久，心裏十分的過意不去，閒話不多說，我連乾三杯，略表歉意。」說完，一仰脖子乾了一杯，又滿上一杯。

高倩自罰三杯，饒是她酒量驚人，也小瞧了這東北小燒的威力，三杯下肚之後，臉上馬上就升起了一片紅霞。

「好！好酒量！好氣魄！」

陸虎成帶頭叫起了好，龍潛這邊的人馬上就跟著起哄了。

「倩，你行不行？」

林東扶著高倩坐下，給她倒了一杯飲料，關懷之情溢於言表。坐在另一桌的穆倩紅看到這情景，不禁心生妒忌，不過這種感覺很快就消失了，她知道自己跟林東並無可能。

高倩喝了一杯飲料，張開嘴喘了口氣，朝陸虎成豎起大拇指。「這酒……夠勁！」

陸虎成道：「弟妹的誠意大家都看到了，好了，餓了這麼久了，先吃點菜，然後各自捉對廝殺去吧。今晚不是陪客戶吃飯，就當是家宴吧，務必要表現出最真誠的一面，不許玩虛的。」

眾人一起下了筷子，金鼎眾人對菜的味道讚不絕口。金鼎一行人絕大部分都是南方人，口味偏甜，為了照顧到他們的口味，陸虎成特意挑了一些適合南方人口味的菜。

眾人餓的都不輕，吃了個半飽才想到要喝酒。

司空琪舉杯站了起來，「兄弟公司相聚一堂，這是緣分，我建議大家一起喝一杯。」

陸虎成呵呵一笑，跟著站了起來。「有司空大美人在的地方，我陸虎成的風光總要弱幾分，這不，又把我的台詞給搶了。來吧各位，喝一杯！」

眾人齊刷刷站了起來，舉杯共飲。

接下來就是捉對廝殺，劉海洋揪著林東不放，上次在管家溝他就想和林東一較高下的，不過沒有機會。這次逮著了，豈能輕易放過他。

劉海洋的酒量林東是知道的，整一個酒缸。不過林東知道劉海洋是豪爽人，如果推脫不喝的話，肯定會給他留下不好的印象，心想這裏只有一箱東北小燒，應該不會喝多少，於是就敞開量和劉海洋較量了起來。

管蒼生被于兵纏著，于兵特意坐在他身邊，無論管蒼生現在是什麼模樣，在他心裏，永遠都是他的偶像。于兵做夢都沒有想到有一天可以和管蒼生坐在一起喝酒，所以整個人就像打了雞血似的，本來說話就不利索，這下興奮的連話都說不出來了，只拉著管蒼生一個勁的喝酒。

司空琪看高倩十分順眼，為了照顧高倩，沒讓高倩喝酒，二人喝了點飲料，聊了很多。司空琪十分喜歡高倩，見到第一眼就有心與她結為金蘭姐妹。

「妹子，姐姐我一直想有個妹妹，如不嫌棄，咱倆義結金蘭如何？」司空琪含笑問道。

高倩笑道：「承蒙姐姐不棄，我當然一萬個願意的了。」

司空琪心下大喜，說道：「繁文縟節咱就免了，從此我司空琪就將你當做親妹妹看待。」

高倩得了個姐姐，心裏也高興的開了花，和司空琪聊起此次來京的目的。司空琪這才知道高倩小小年紀已經是一家娛樂公司的老闆了。二人脾氣相投，性格相合，聊的十分開心。高倩邀司空琪得空去蘇城玩一玩，好帶她去領略一下江南的小橋流水。司空琪滿口答應了下來。

龍潛公司和金鼎公司的其他人也相聊甚歡，彼此都交換了聯繫方式。

吃到一半，穆倩紅帶著公關部的兩個員工上了樓，到客房裏將此次帶過來的禮物拿了下來。雖說陸虎成不是外人，但來參觀學習總應該帶點東西送給東道主的，這是禮數。之前林東和穆倩紅商量過，決定還是送去年做投資者交流會送的那種小金鼎。

穆倩紅拿著東西過來之後到林東耳邊說了幾句，林東點點頭，站了起來，向下壓了壓手掌，示意眾人安靜一下，說道：「此次來龍潛參觀學習，給龍潛上下帶來了不少麻煩，各位的熱情讓我們很感動，特準備了幾隻小金鼎送給大家，禮輕情意重，還請龍潛的兄弟姐妹們不要嫌棄。」

說完，穆倩紅就帶著兩名下屬把小金鼎送到了龍潛眾人的手上。

這份禮品可不輕，龍潛眾人手裏每人一隻純金打造的小金鼎，知道這禮物價值不菲，對金鼎一行人的態度就更加熱情了。

「林兄弟你太客氣了，跟你大哥還那麼客氣，有點見外了啊，罰你喝一杯！」陸虎成表面上裝出不悅，內心實則非常開心，俗話說禮多人不怪，油多不壞菜。

林東滿上了一杯，一飲而盡。

一箱東北小燒顯然是不夠喝的，不過陸虎成也沒有讓劉海洋再去拿。他本來想帶林東和管蒼生去一個地方的，但看到高倩來了，心想林東應該留下來陪高倩，於是就放棄了打算，反正林東一行人還得在京城住幾天，有的是時間。

晚宴過後，不少人都喝得歪歪扭扭的了。陸虎成有的是錢，大手一揮，直接給所有員工都找了代駕。

等到龍潛眾人都走後，就剩下陸虎成和劉海洋了。

高倩挽著林東的胳膊，看上去就像是個十分膩人的小女孩似的，此刻一點也看不出她是大名鼎鼎的黑老大高五爺的女兒。高倩這副溫順的樣子當然是裝出來的，她知道什麼時候應該給男人面子，所以在和林東出去的時候，總是會給足男人的面子。而到了家裏，就要反過來了，林東什麼都得聽她的！

「林兄弟，你和弟妹分開有段日子了，我看今晚你們小倆口好好溫存溫存吧。本來想帶你和管先生去個地方的，不過我看管先生今晚也喝了不少酒，找時間再說吧。」陸虎成笑道。

穆倩紅聽到陸虎成的話，心裏忽地刺痛一下，抬起頭看到高倩依偎在林東懷裏，眼窩一熱，扭過了頭去。她多希望能夠像高倩那樣靠在林東的身上啊！

她是個理性的女人，知道自己與林東是不可能的，在這一刻，她下定了決心。為了讓自己快樂，她要敞開心扉，讓別的男人也可以走進她的心裏，因為只有愛上了別人，她才能夠忘掉林東。

穆倩紅的腦海中忽然浮現出一個高大的身影，彷彿看到了他充滿陽光的笑容，憨憨的，很是可愛。

「我該跟陶大偉好好交往了。」穆倩紅暗暗心道。

林東和高倩將陸虎成和劉海洋送到酒店外面。這兩人都喝了不少酒，不過都跟沒喝一樣。劉海洋駕車，林東是絕對放心的。

管蒼生喝多了，被紀建明和彭真兩人扶進了房裏。

林東和高倩看著陸虎成的車離去，他笑問道：「倩，今晚走不走？」

高倩掐了林東一把，「壞人，你要我怎麼回答你？」

林東看到高倩紅紅的臉頰，真想上去親一口，感到體內有一股火焰燃燒了起來，牽著她的手，快步朝電梯走去。

高倩知道進房間之後會發生什麼，低著頭，臉色緋紅，心中滿是期待。

到了房間門口，瞧見彭真和紀建明從管蒼生的房裏出來，林東問道：「管先生怎麼了？」

彭真道：「喝多了，吐了，正難受呢。」

林東猶豫了一下，對高倩說道：「倩，你去房裏等我吧，我去看看管先生。」

高倩嘟起了嘴，有些不悅。林東又說了幾句好話才將她哄進了房間。

紀建明帶著林東進了管蒼生的房間，管蒼生一張臉刷白，滿屋子都是酒氣。

「年歲不饒人，管先生畢竟年紀大了，不該這樣喝酒的。」紀建明想到酒桌上管蒼生豪爽的作態，說道。

林東看著管蒼生，絞了一條濕毛巾搭在他腦袋上，管蒼生痛苦的表情立馬紓解多了。

「有些人就是那樣的個性，至死都不會變的。」林東說道。

紀建明似懂非懂的點了點頭，心裏還在琢磨著林東方才的那句話，不過他瞧管蒼生喝醉酒那麼痛苦，心裏卻是不悅，怎麼也想不明白為什麼不能喝還要死撐。他卻是不知，管蒼生年輕的時候酒量不比陸虎成差，同樣也是個好酒如命的主兒，只是後來在牢裏關了那麼多年，頭幾年一直心結難解，到後來能夠心平氣和的接受現實，是酒陪伴他度過了人生最灰暗的時光。

酒，是一種能讓人上癮的東西。

管蒼生和陸虎成曾經都是傷心人，酒便是一直陪伴他們的良朋知己。

「林東，高倩來了，你回去吧，管先生有我來照看。」紀建明說道。

「你倆都回去吧，兩個大男人會照顧什麼人？還是我來吧。」穆倩紅不知何時進了管蒼生的房間，笑道。

「倩紅，那就有勞你了。」林東朝她笑道。

穆倩紅微微一笑，「快回去陪高倩吧，你們都是大忙人，見一次面挺不容易的。老紀今晚也喝了不少酒，也回去休息吧。」

林東和紀建明走到門外，紀建明低聲笑道：「林東，我怎麼覺得剛才穆倩紅的笑容中帶著一絲苦澀呢？」

林東不是榆木腦袋，知道這個話不能往下接，笑道：「我怎麼沒看出來？你瞎捉摸什麼呢，快回去睡覺吧。」

紀建明嘿嘿一笑，往自己的房間走去。

林東進了房間，關上門，正瞧見高倩圍著浴巾走出來，胸前雪白的雙峰高挺著，被熱水沖洗過的肌膚呈現出一抹微紅。

林東只覺房內的氣溫好似忽然間上升了幾度，有點口乾舌燥的感覺，望著高倩迷人的嬌軀，恨不得撲上去，臉上閃過一抹壞笑，「倩，怎麼不等我一起？」

高倩盈盈一笑，「誰要跟你一起？別以為我不知道你想什麼心思，快去洗，不然不准碰我！」

林東兩三下就脫掉了衣服，猴急猴急的進了浴室。

……

第二天一早高倩就走了。臨行前跟林東說是今天約了一個國內的大作家談劇本的事情。林東隨後也起了床，起床後發現今天好像不是那麼貪睡了。想到昨天在陸虎成的辦公室裏藍芒吸收了不少天地靈氣，心想有可能是這個原因。

洗漱之後，就朝管蒼生的房間走去。

到了門口，正見到穆倩紅從管蒼生的房裏出來，走近一看，兩眼佈滿血絲，顯然是一夜未睡。

「倩紅，怎麼，一夜沒睡嗎？」林東關心的問道。

穆倩紅點了點頭，「管先生吐的厲害，走不開人。現在好了，我回去補個眠。」

「好好休息。」

林東進了管蒼生的房間，管蒼生已經醒了，見他進來，不好意思的笑了笑。

「糗大了，那麼大年紀的人還要小穆照顧我。」管蒼生從床上坐了起來，臉色看上去比昨晚好多了。

「下去吃早飯吧，你昨晚吃的東西都吐出來了，胃裏早就空了。」林東笑道。

管蒼生起床和林東一起下了樓，早餐是自助的，五星級酒店，早餐有幾百種食物可供選擇。金鼎眾人已經都到了，彭真等人正在議論著吃完飯去京城哪裏逛逛。

林東和管蒼生取了東西，管蒼生看上去食欲不是太好，只取了一個饅頭、一碗白粥和一碟鹹菜。

林東則取了很多東西。昨晚和高倩折騰到半夜，體力消耗很大，急需食物來補充。

早餐還沒吃完，陸虎成就來了，見到林東和管蒼生都在，坐到他倆的身旁。

「林兄弟、管先生，今天有什麼打算？」陸虎成笑問道。

林東答道：「大家嚷嚷著要去京城四處轉轉，看一看名勝古跡。」

陸虎成道：「行，我打電話給劉海洋讓他安排車。」說完，從口袋裏掏出手機，跟劉海洋交代了一下。

早餐過後，金鼎眾人在大堂裏集合，林東和管蒼生是最後一個到的。林東朝人群裏掃了一眼，驚訝的發現穆倩紅也在裏面，走過去問道：「倩紅，你不需要休息嗎？」

從穆倩紅的臉上一點也看不出她一夜未睡的憔悴，全身上下容光煥發，儼然就是這群人中的焦點。

穆倩紅道：「林總，我沒事的，難得大家一起出來玩玩，集體活動我是不會缺席的。」

林東微笑頷首，問道：「倩紅，你一夜未睡，怎麼做到像現在這樣容光煥發的？」

穆倩紅微笑不答，旁邊的楊敏鬼機靈，笑道：「咱們女人自然有女人的法子。」

林東明白了過來，穆倩紅是金鼎公司最精通化妝之術的，就算她一夜未睡，也一定有辦法把自己化的精神飽滿。

劉海洋安排好了車，一輛中巴車，二十幾個座位，方便金鼎一行人觀光旅遊，走進來對陸虎成說道：「陸總，車來了。」

陸虎成走到眾人面前，笑道：「大傢伙都準備好了嗎？車來了，咱們該出發了。」

「準備好了！」彭真等人大聲喊道。

陸虎成手一揮，「出發。」

劉海洋不僅弄來了中巴車，還請來了導遊，負責為金鼎眾人沿途進行解說。

京城之大，就算是住上半年也未必能夠看得全。一天的時間，只能挑選一些重要的景點看了看，這樣難免也就沒有時間體會京味。若想瞭解老京城人民的生活習性，那必須得進胡同，不過金鼎眾人自從來到京城之後，連個胡同的影子都沒看著。

胡同是京城的一大特色，是看一眼少一眼的民族瑰寶，自從國家開始加快現代化建設以來，京城裏的胡同就在以驚人的速度在消失。林東從書籍和紀錄片中都看到過有關胡同介紹的內容，對胡同很感興趣。可惜的是今天的安排之中並沒有看胡同這一項，心裏暗歎還是他與胡同的緣分不夠。

一提到京城，所有人都會想到紫禁城和長城。

今天導遊帶他們參觀的主要項目就是紫禁城，因為京城剛下過一場大雪，長城上結了冰，所以無法攀爬。在遊歷了故宮和天壇之後。時至中午，導遊帶著他們去吃了北京最著名的烤鴨。

一行人早就對老北京烤鴨垂涎三尺了，劉海洋請來的這個導遊告訴林東他們，說京城裏最有名的烤鴨店自然是當屬全聚德無疑，但是若論味道，全聚德卻稱不上最好的。

彭真急不可耐的問道：「導遊姐姐，那你快點告訴我們。哪家的烤鴨最好吃呢？」

導遊是個三十幾歲的女人，穿著一身運動裝。短髮，看上去很是幹練，叫王薇。

王薇說道：「最好吃的烤鴨店我自然是知道在哪裏的，可是離這裏比較遠，不知道各位願不願意餓著肚子忍一忍呢？」

眾人逛了一上午，都已餓了，恨不得早點吃到飯。不過聽說有更好吃的地方，於是就都決定忍一忍。

林東笑道：「王導遊，只要味道好，正宗，咱不怕遠。」

王薇知道林東是這群人中的頭，聽了他這話，微微一笑，跟開車的司機笑著說了兩句。劉海洋坐在前面，他在北京生活了很多年，也很想知道哪裏的烤鴨能把全聚德的比下去。

路上，王薇為了讓大家感覺到時間過得快些，於是就挑出一些精彩的歷史故事講給眾人聽，當然，這些歷史故事都是與京城有關的。

當她的故事講完的時候，中巴車剛好在一個巷口前停了下來。巷子狹窄，不容車子通過，眾人只有下車步行。

王薇清點了一下人數，走在最前面，帶領眾人朝巷子深處走去。往前走了一段，鼻子尖的就聞到了香氣，越往前走這香氣越濃。

王薇在一個四合院門外停了下來，轉身對眾人說道：「這就是咱們今天吃鴨子的地方了，一般人是找不到的。」

彭真在門四周看了一圈，連一個招牌都沒看到，問道：「導遊美女，這家是開飯店的嗎？怎麼連塊招牌都沒有？」

王薇笑道：「來這裏吃飯的都是吃出門道來的食客，我們稱之為『饕客』。饕客是不會去那種人多的地方吃飯的，他們堅信最好吃的東西絕對不是飯店裏做出來的，最好吃的東西應該在民間！這一家祖上是京城裏有名的大廚，慈禧老佛爺過大壽，吃過他掌案的一道菜，讚不絕口，還賜了東西。承祖上手藝，代代相傳，這一家每一代的男丁都是京城裏有名的廚子，尤其是做鴨子，更是無人可比，在饕客圈內的名聲很大，根本就不需要招牌。有句話叫酒香不怕巷子深，說的就是這個道理了。」

說完，王薇領著眾人走進了院子裏，滿院子的菜香更是勾人饞蟲，直讓人垂涎欲滴。

院子裏不是很大，兩旁用磚瓦隨意的蓋了幾間小房子，沒有一點裝修，每間小房子裏都坐滿了人。過來吃飯的人看上去個個都是非富即貴的模樣，絲毫不覺得這裏環境差，一個個吃的鼻涕都流了下來。

王薇與這裏的老闆相熟，所以才敢帶著金鼎眾人到這裏吃飯，否則若是一般的生客，到這裏是吃不著飯的。

圓頭圓腦的胖老闆瞧見了王薇，紮著圍裙走了過來，朝他身後的一夥人瞧了一眼，笑道：「小王，這次帶來的人可不少啊！」

王薇抱歉一笑，說道：「田師傅，這是我今天帶的一個團，身分比較特殊，不然的話我也不會帶到您這裏來。」

王薇早年是個導遊，不過那已經是四五年前的事情了，她現在是一家旅行社的老闆。她知道今天這個團都是龍潛投資公司老闆陸虎成的好朋友，龍潛投資公司全體員工每年至少有兩次集體旅遊，幾千人的一個大公司，對她這個小旅行社而言可以說是一個天大的客戶了，所以王薇特別重視，當劉海洋找到她的時候，她二話不說，親自上陣，就是為了能給劉海洋留下好印象，爭取吃下龍潛投資公司這個大客戶。

田老闆哈哈一笑，「行，我包管讓他們吃的滿意。小王，你帶著客人進去坐吧。」

王薇把金鼎一行人帶進了僅剩的一間小房子裏，安排眾人坐下。

彭真馬上就覺得不對勁了，問道：「導遊美女，怎麼還沒人給我們送菜單啊？」

這也是在場很多人都有的疑惑。

王薇笑道：「忘了告訴各位了，來這裏吃飯是沒有菜單的，廚師做什麼咱們就吃什麼。不過烤鴨肯定是會有的，你們放心。」

彭真豎起了大拇指，「看來這裏的廚師有把握讓所有人都對他的菜滿意，我太期待了。」

沒等多久，烤鴨就上來了。因為人多，一次給他們上了四隻。有的切成了塊，有的片成了片，配著秘製的醬，吃一口唇齒留香。

彭真一向很不喜歡吃鴨皮，看到烤的金黃乾脆的鴨皮，心想嘗一口試試，哪知吃了一口就忘了自己不喜歡吃鴨皮的習性，狼吞虎嚥起來，連形象也顧不得了。

四隻烤鴨很快就被一掃而空，好在其他菜也陸續上了來。許多菜都是他們根本叫不上來名字的，看上去有些奇怪，但每一道都令人讚不絕口，太美味了！

王薇說道：「這家的菜譜是不外出的，許多菜也只有在這裏才能吃得到，所以各位看到許多菜叫不出名字來也別奇怪。所有的廚師都是族裏的同姓男子，他們雖然沒有經過任何的考核，不過個個的水準都不會比特一級的差。」

紀建明笑問道：「王導遊，那麼他們家族裏的女兒是不是會被禁止學做菜呢？」

王薇點點頭，「還真讓你猜著了，為了防止家族的手藝外傳，這個家族的女孩從小就被禁止進入廚房，也不准學做菜。」

「唉，那要是娶了這家的女兒，那可真是悲哀嘍。」紀建明笑歎道。

彭真道：「這有什麼好悲哀的，最悲哀的是如果家族裏哪天沒了男丁了，手藝失傳，對我這個饕客而言，這才是最悲情的事情。」

「彭真說的沒錯，真怕有一天這樣絕贊的手藝會失傳，那真是中華文化的一大損失。」林東歎道。

彭真聽到林東贊成他的所言，來了興致，繼續說道：「門戶之見害死人啊，這就好比武俠小說裏面的各大派，每一派都有自己獨門的絕技，就是藏私，不肯公諸於眾。導致絕學失傳，好的東西越來愈少。」

王薇說道：「我認為其實不然，如果這家店真的對外收徒，開一家大飯店，我想各位今天吃到的東西肯定不會有那麼好吃。藏私要不得，但過度的開放也要不得。」

穆倩紅忽然說了一句，「要知道這世界上好的東西本來就是稀缺的，甚至有可能是唯一的。」她說話的時候目光一直朝著林東的方向，彷彿話中有話，若有所指。

「今朝有酒今朝醉！」林東笑道：「今天吃到那麼好吃的東西，大家就敞開懷來吃，不要去想什麼大道理了。好的東西一輩子碰上幾回已經算得上是運氣不壞了，若是天天碰上，那也就膩歪了。正如古代的皇帝一樣，每頓飯幾百個菜，反而不知道該吃哪個是好了。」

下午三點多鐘，眾人才吃完了午飯。

一眼朝桌子上掃去，盤子裏一點剩下的都沒有，有的連湯都喝得乾乾淨淨，只能說明中午的這桌菜太好吃了。

「若是蘇城有那樣的館子，我天天去吃！」彭真摸著肚子說道。

第七章

過江龍

陸虎成每次贏來的籌碼從不兌現，全部是寄存在賭場裏，
不管是輸了還是贏了，他從不從賭場裏提走一分錢。
不過陸虎成的賭運一向不錯，贏得多輸得少，所以籌碼越積越多。
不過他的好賭運似乎遇上了剋星，
前幾次在這裏遇見了一個南方的富商，手段十分了得，
陸虎成在他手上栽了幾個跟斗，前後輸了將近一千萬給他。

回到酒店，眾人各自回了房間。

林東進了房間就睡了一覺，醒來時天已經完全黑透了。聽到放在床上的手機響了，拿起來一看是陸虎成打來的。陸虎成白天的時候沒有陪他們去玩，晚上打來電話，是想帶林東去一個地方的。

「兄弟，你在樓上嗎？」陸虎成問道。

林東答道：「陸大哥，我在房間，怎麼了？」

陸虎成道：「我來找你。」

掛了電話不久，就聽到門鈴聲響了。林東拉開房門，陸虎成走了進來。

「還記得上次說要帶你去個地方嗎？」陸虎成笑問道。

林東點點頭，「當時你還神神秘秘的，我到現在還不知道那到底是個什麼地方呢。」

陸虎成道：「中國最繁華的地方莫過於你腳下的京城了，這裏龍蛇混雜，臥虎藏龍，好玩的地方太多了。我今晚要帶你去的地方，就是一個上流社會的俱樂部，裏面可以說是包羅萬象，絕對可以令你大開眼界。」

林東在蘇城的時候去過金河谷的賭石俱樂部幾次，心想上流社會的人湊在一起，除了談錢還有什麼呢？

「安全嗎？」林東問道。

陸虎成愣了一下，隨即明白了過來，「絕對安全。」

「我成驚弓之鳥了。」林東呵呵一笑。將上次和左永貴一起去郊區廠房裏被抓的事情說了出來，逗的陸虎成捧腹大笑。

「你放心，如果要找小姐或是毒品，也不會去我今晚帶你的地方去找。我今晚不是帶你去看紙醉金迷的，而是帶你去看什麼叫揮金如土的！」陸虎成哈哈大笑道。

林東來了興趣，「那就趕緊走吧。」

陸虎成道：「問問管先生去不去。」

二人敲開了管蒼生的房門，說明了來意，管蒼生早已不是當年的那個管蒼生，習慣了平靜的生活，聽說他們要去瘋，連連搖頭。

「陸兄弟、林總，那是你們玩的了，我老了，不愛玩那些了，就不去了，免得帶著我掃你們的興。」

陸虎成又問道：「管先生，真不去啊，你能忍得住？」

管蒼生一笑，「我說不去就不去，看一群人在燒錢，還不如留在房間裏看電視舒服。」

「算了算了，管先生淡泊明志，咱們不要打擾他清修，走吧。」林東說道。

陸虎成歎了口氣，拉著林東出了管蒼生的房間，心道管蒼生真的與以前大不相同了，可說是脫胎換骨，不過現在的管蒼生更可怕，心裏不禁羡慕起林東的好運氣。

想著想著，陸虎成猛然驚醒，心道我陸虎成就是陸虎成，天下無二，沒有人可以擊敗我，何必去羡慕別人！

到了酒店外面，二人上了車，林東才發現劉海洋不在，問道：「海洋呢？」

陸虎成道：「晚上他一個戰友過來，陪戰友喝酒去了。林兄弟，你坐好了，我要開車了。」

說完，猛踩油門，輪胎和水泥地面劇烈摩擦，發出難聽之極的聲音。

陸虎成開車很猛，簡直可以說是橫衝直撞，難怪在城市裏也要開這種笨重的越野車。一旦發生碰撞，在車型上他一般是不會吃虧的。

到了五環，林東問道：「對了，陸大哥，咱今晚去的地方叫什麼名字？」

陸虎成嘴裏叼著煙，蹦出兩個字：「紅谷！」

「紅谷？」林東嘀咕了一聲，好奇怪的名字。

陸虎成嘿嘿一笑。

林東是第一次來京城，京城的城區面積要比十來個蘇城還要大，所以上了車不久之後就喪失了方向感，只覺得京城到處都是路，但卻每條路上都堵著車，開玩笑的說道：「陸大哥，京城那麼多車，有沒有考慮買個直升飛機開開？」

陸虎成笑道：「好提議，我還真那麼想過，也找人打聽過，需要辦的手續實在是太多了，而且我還得去考飛行員執照，每一條航線都得花錢買，就跟咱開車叫養路費一樣。京城買得起直升機的大有人在，不過有工夫玩飛機的卻沒有幾個。說到底，還是咱中國人活得太累。」

陸虎成似有感慨，一說三歎。

林東笑道：「也是，國外許多有錢人遊艇、飛機都有，他們知道錢的真正意義，那就是給生活帶來樂趣。而國人則不同，沒錢的時候想著有錢了我要怎麼樣怎麼樣，有了錢的時候又想著我怎麼才能更有錢。一輩子在追求錢，殊不知錢這東西是掙不完的，而且生不帶來死不帶走，還不如趁身體好的時候好好玩玩，享受一下生活的樂趣。廣廈千萬間，睡的也不過就是一張小床，糧食溢滿倉，一天也就吃三餐。」

陸虎成問道：「林兄弟，別說別人，說說你自己吧，對未來有什麼想法呢？」

林東的臉色變得嚴肅起來，說道：「長久以來一直有一個問題縈繞在我心裏，困擾了我很久，我一直找不到解決的辦法。陸大哥，咱們是做私募的，我們的客戶都是有錢人，我們幫助有錢人在股市裏賺錢，很大部分賺的都是散戶的錢，這樣就讓有錢人越來越有錢，窮人越來越窮，我們的做法對嗎？一個社會，最強大的應該是中產階級，而現如今我們國家的現狀卻是兩極分化太嚴重。我時常在想，我一個做私募的，怎樣才能為普羅大眾謀福利？我想讓窮人的日子過得好些，想讓中產階級的力量強大些。」

陸虎成一臉驚訝的朝林東看了一眼，「天啊，你腦子裏怎麼會有這種想法？你別忘了社會的本質是什麼，是人吃人啊！弱肉強食，古今一理！我們的錢是有錢人給的，就該為他們賺錢。老百姓日子過得苦，那不是咱們能改變的事情！」

「雖然我知道自己力量微薄，甚至可以說是微不足道，但我仍想為老百姓做點事情，盡我最大的能力！」林東面色堅毅的說道。

陸虎成笑了一聲，「難不成你還想以後老百姓把你當財神爺放在家裏供著？」

林東微微一笑，「陸大哥你說笑了，只是我自己過了不少苦日子，所以希望老百姓能過得好些罷了。」

陸虎成道：「說不定你哪天還真有這個能力，不過在你實現理想之前，請記住要積蓄實力。沒有實力，一切都是空談。」

林東點了點頭，這個道理他是明白的。

「對了，陸大哥，你有沒有想過搞基金公司？」林東忽然問道。

基金與私募的最大不同就是參與的主體了，基金是面向全社會的，而私募則是針對特定的群體。林東若是搞基金公司，那麼就可以向全社會公開募資，得益者將會是廣大老百姓。

陸虎成明白林東的想法，呵呵一笑。

「兄弟啊，你還是有些書生意氣啊！」陸虎成歎道，「搞基金公司？呵呵，我從來沒想過。你能確定你肯定賺錢嗎？要知道基金跟私募差別可太大了！基金要求有最低的倉位，還有各項嚴密的監管，哪有私募靈活。如果不能賺錢，那到最後賠錢的還不是老百姓啊！從自己這方面考慮，搞基金公司成本高，見效慢，哪有私募賺錢賺的痛快！」

陸虎成說的這些都是實實在在存在的問題，林東都明白，只不過他還年輕，還未學的如陸虎成這般世故，仍有一顆想造福百姓的赤忱之心！

陸虎成見林東沒說話，為了緩解尷尬，哈哈一笑，說道：「兄弟，你有沒有興趣聽聽我的理想？」

林東笑道：「願聞其詳！」

陸虎成道：「其實你大哥就是個俗人，所以理想也很俗。我今年三十八了，我一直有個打算，那就是在四十五歲的時候退出私募界，帶著心愛的女孩周遊全世界，玩遍全世界好玩的地方，吃遍天下美食。可惜啊，還有七年，不知道我的願望能否實現。龍潛有司空琪坐鎮，即便是現在沒有我也不會倒下，而我心愛的姑娘在哪兒？我真是不知道……」

陸虎成受過一次情傷，他二十三歲時結過一次婚，妻子是他一起做生意認識的，不到一年，家產就被妻子和奸人合夥騙光。後來妻子與奸人遠走高飛，狠心將陸虎成拋棄。

陸虎成曾經為此痛不欲生，幸得到苦竹寺大師的點化，才治癒了情傷，重新振作了起來。後來他事業有成，不過一顆心卻好像冰凍了似的，再也見不到令他心動的女人。女人這種動物，對他而言，某種意義上就是發洩生理欲望的工具，與情無關。

陸虎成曾經在苦竹寺跟林東聊過往事，所以林東很能理解為什麼陸虎成至今仍是單身一身。像陸虎成這樣的熱血漢子，一顆心肯定不會是冰冷的，只是由於害怕再受傷害，強行封閉了心門。若是有朝一日打開了心門，感情奔湧而出，進入陸虎成心裏的女子，將會獲得無比的幸福。

「陸大哥，小弟說句不該說的話，我認為是你將自己的心鎖死了，你叫女孩子怎麼進入你的心裏？」林東說道。

陸虎成面色一沉，過了半晌才說道：「當年我家只是頗有點積蓄，就有女人處心積慮想要騙我的家產嫁給我，現在我錢多的我自己都不知道有多少，你叫我如何相信會有真心愛我的女人？我總是感覺每個與我接觸的女孩都是因為我有錢。我需要的是一份純粹的愛，與地位、金錢無關的愛。」

陸虎成很少真情流露，今天說出這番話來，臉上竟顯出了悲戚之色。

「兄弟，我是不是很可憐？」陸虎成笑著問道。

林東笑道：「陸大哥，你別悲觀，我跟你說說我與高倩的事吧。高倩的父親是蘇城道上老大，我的爹媽卻都是山溝裏刨黃土的。高倩喜歡上我的時候，我那時候連飯都吃不飽，想也不敢想會有今天。按理說這樣一個千金大小姐怎麼也不會看上我的，但事實就那麼發生了。我只想告訴你，會有女人真心對你的。」

陸虎成點了點頭，一直都有個女人惦記他，那就是司空琪，可是他只將司空琪當做兄弟般對待，完全沒有男女情愛那方面的感覺。

「紅谷什麼時候到？」林東朝車窗外望去，不知身處何處。

「別急，馬上就到。」陸虎成哈哈一笑，放緩了車速，轉了個彎，林東才發現是進了一個很大的停車場，放眼望去，停在這裏的車應該沒有低於一百萬的。

「下車。」陸虎成停穩了車，說道。

林東下了車，四下觀察了一下，腳下這塊地方除了車子之外，別無它物。

陸虎成瞧出了他的疑惑，笑道：「兄弟，隨我來吧。」

陸虎成帶著林東走出了車庫，往前走了不遠有一條向下的樓梯，到了近前，陸虎成指著裏面說道：「兄弟，紅谷就在下面。」

林東訝然，「難怪名字裏有個谷，原來竟在地下。」

陸虎成摟著他的肩膀往下走去，樓體不長，將近二十多米，到了盡頭，有個門，門旁站著兩名彪形大漢，見陸虎成走了過來，都是點頭哈腰的獻媚之態。

「陸老闆，你來啦，裏邊請。」

陸虎成從懷裏掏出一疊鈔票，往左邊那人手裏一塞，「拿去喝酒吧。」

進了門內，林東立時就傻了眼，裏面與他想像的一點都不一樣，十分的安靜。

陸虎成道：「來這裏的說是來花錢，其實還是來尋找機會的，許多有錢人湊在一塊兒，說不定就整出一想法。這裏面的酒吧和外面的都不一樣，酒吧裏不會有那種吵鬧的音樂，酒水可以任意喝，不過有一點，要辦會員，起步是一年期會員，五十萬。」

「要不要進去喝一杯？」陸虎成笑道。

林東搖搖頭，「裏面的酒太貴，我喝不起。還有什麼好玩的地方？」

「這條地下商業街一共有四五里長，好玩的地方實在太多了。前面有個搏擊館，我帶你去看看。」陸虎成答道。

林東跟在陸虎成身旁，二人朝搏擊館走去，還未進門就聽到了裏面傳來的喝彩聲。

林東心裏納悶，難不成裏面搞了一個富人搏擊俱樂部？如果真是那樣，那真是吃飽了撐的，沒事找挨打。

陸虎成帶著林東進了裏面，地方並不大，裏面卻站了不少人。一個擂台周圍站了幾圈人，大概有三四十個，擂台上面是一個身材精壯的年輕人和一個大腹便便的禿頂男。

走到近處，林東瞧見那年輕人臉上都是血，而那個禿頂的中年人卻是一點傷都沒有，正自奇怪，發現原來那年輕人只守不攻，幾乎是任憑對方的拳頭朝自己的身上打來。

「陸大哥，這是怎麼回事？」林東轉臉問道。

陸虎成道：「擂台上的年輕人是靶子，只有挨打的份，不能還手。許多富人壓力太大，現實生活中仇人太多，在這裏可以通過這種方式來舒緩情緒，發洩不滿。打靶的人擊打靶子的時間不能超過十分鐘，上去一次要付兩萬塊錢。」

「打死人了怎麼辦？」林東問道。

陸虎成笑道：「你的擔心基本上是多餘的，你瞧見台上的那年輕人沒有，他可是武術冠軍哦！自然懂得如何護住要害部位。再說了，你瞧瞧圍在擂台外面的這群人，有誰看樣子像是能打死人的？」

林東瞧了一眼，這幫人年紀都在四十五以上，個個身材發福，腳步發虛，身體都不怎麼好，說道：「我看你如果要上去打，那年輕人可能吃不消。」

陸虎成呵呵笑道：「我如果上去，他就得倒下了。」

這時，台上的那個禿頂男已經揮不動拳頭了，出了一身的汗，襯衫都濕透了，大呼過癮，掏出兩疊鈔票扔在擂台上，下來走了。那年輕人顧不得正在流血的鼻子，嘴裏連說了幾句「謝謝老闆」，臉上竟是一臉愉悅的神情。

林東很難想像被人這麼打了還會感到開心，看到那年輕人鼻血不斷的滴在擂台上，仍在數錢，心裏一陣揪痛，很想衝上去問他，錢難道會比尊嚴更重要嗎？

擂台下面又有一個中年男人脫了外套，穿著襯衫上了擂台。

年輕人趕緊把錢放進擂台旁邊的一個包裹，遞了一副拳擊手套給上來的中年男人。

那中年男人卻把拳擊手套扔在一邊，握緊拳頭，朝著年輕人的嘴巴就是一拳。只聽年輕人一聲悶哼，頭向後仰去，再回到眾人視線中的時候，嘴角已經流了兩條血線出來。

「哇……」

年輕人往擂台上吐出一口血水，紫色的血液中還夾著一顆門牙。

那中年男人見到年輕人被他一拳打成這樣，不僅沒有愧疚之心，反而覺得很有成就感，獸性大發，瘋狂的揮動著拳頭。年輕人雙拳護在面前，饒是這樣，仍有不少拳砸在了他的臉上，一張臉青一塊紫一塊，沒有一塊地方是完好的皮膚。

林東心中怒氣難遏，邁步就要衝上去阻止台上的中年男人。這不是搏擊，這是虐待！

陸虎成瞧出了他的異常，一把抓住了他的手腕，對他搖搖頭，「你不喜歡看這個，咱們就換個地方，可別砸了台上年輕人的飯碗。」

林東不解的看著陸虎成，「飯碗？這是飯碗嗎！」

陸虎成沉著臉說道：「一場交易，各取所需而已。你別為台上的年輕人難受，他這是自作孽，根本不值得同情。他好吃懶做，不願意出去工作，只肯找這種賺錢快的事情做。在這裏挨一晚上打，能賺大概十萬塊。當然，上去打他的遠遠不止五個人，但是大頭都是要被老闆抽走的。有了十萬塊，夠他半年花的了，在家養一個月傷，然後舒舒服服的過五個月，沒錢了，再來挨打。這種人，有什麼地方值得你同情？」

陸虎成的這一問，令林東無言以對。

這世上可憐之人必有可恨之處，林東到現在才算明白了這句話的真意。看著那擂台上只能挨打的「肉靶子」，瞧見他鮮血飛濺，傷痕累累，怎能不讓人動憐憫之心，可若是知道他好吃懶做，不願幹正經事情，又覺得他可恨可氣，一切都是活該、自找的。

陸虎成知道林東不喜歡看這個，笑道：「林兄弟，別處還有好玩的地方，咱們到別處逛逛。」

林東一點頭，跟著陸虎成離開了搏擊館，身後傳來陣陣的叫好聲，那聲音中還夾雜著微弱的慘嚎聲。

出了搏擊館，往前走了不遠就是個賭場。

「兄弟，可有興趣進去玩兩把？」陸虎成好賭，但不濫賭，在他心裏有個底線，而且他覺得適當的賭博不僅可以鍛煉膽量，還且可以鍛煉心態。

林東瞧陸虎成臉上的笑意，知道他想進去，於是便說道：「進去看看。」

陸虎成哈哈一笑，帶著林東進去了。紅谷的賭場門前沒有一個放哨的，開的可說是光明正大，因為從來沒有人敢來這裏抓賭。這賭場裏不僅有腰纏萬貫的商人，也有身居高位的公家人，加上老闆極硬的背景後台，所以從來沒人敢來這裏抓賭。

走進一看，就發現這裏的賭場與之前去過的賭場不同。林東之前去過的只能說是小賭坊，在裏面玩一天輸贏也不會太大，錢不多，但聲勢卻是不小，每一桌都鬧哄哄的像是要震翻天。

而紅谷裏的這個賭場，裝飾的豪華精緻不說，竟然全無賭場的嘈雜之聲，每個玩家都很少說話，一個個沉著臉，倒不像是在賭錢，更像是在坐禪，或者說是比拚定性。

唯一與其他賭場沒有區別的就是場內濃濃的煙味，繚繞的煙霧漂浮在賭場的上空，若是聞不慣煙味的人進來，非得被嗆的說不出話來。好在林東也算是個小煙鬼了，對裏面的空氣很能適應。

賭場的經理瞧見陸虎成進來，笑著走了過來，打了聲招呼：「陸爺，您來啦，旁邊這位是？」

陸虎成笑道：「是我兄弟。」

經理朝林東一笑：「您好，請問尊駕貴姓。」

「免貴姓林。」林東笑道。

「哦，林爺，認識您很高興，歡迎光臨，以後還請常來玩。」經理臉上堆滿了笑容，轉而問陸虎成：「陸爺，要多少籌碼？」

陸虎成每次贏來的籌碼從不兌現，全部是寄存在賭場裏，不管是輸了還是贏了，他從不從賭場裏提走一分錢。不過陸虎成的賭運一向不錯，贏得多輸得少，所以籌碼就是越積越多。

不過他的好賭運似乎遇上了剋星，前幾次在這裏遇見了一個南方的富商，手段十分了得，陸虎成在他手上栽了幾個跟斗，前後輸了將近一千萬給他。

陸虎成心裏一直憋了一把火，想要找那人討回來，問經理道：「那個娘娘腔有沒有來？」

經理低聲答道：「回陸爺，來了，在裏面的包廂。」

陸虎成一咬牙，說道：「送一千萬籌碼到包廂，我去會會他。」

經理點了點頭，轉身去辦事去了。

陸虎成帶著林東朝包廂走去。說道：「兄弟，有個很厲害的傢伙，說話陰氣十足，是個娘娘腔，我之前和他玩過三次，輸給他將近一千萬。今天帶著你來，希望你能帶給我些好運氣，讓我殺他一晚上，以瀉我心頭之恨。」

「希望如此。」林東微微一笑。

陸虎成推門而入，包廂裏有一張四方桌，已坐了三人。其中一個矮矮瘦瘦，臉比女人還白，一雙眼睛狹小細長，透露著精光。另外兩個則滿頭是汗，一臉紫黑，看來是輸了不少錢。

三人瞧見陸虎成進來，另外兩人只是朝他點了點頭，只有那個白臉的瘦子朝陸虎成一笑，說了一句：「來了啊。」

沒聽他聲音還好，聽了這聲音，林東直想吐，尖細的像是拿著小刀從鋁合金上劃過一樣，偏偏又學著女人的腔調，令這聲音更是難聽。林東真想找兩個棉花球塞住耳朵。

陸虎成不急著入場，和林東在一旁看了一會兒。他低聲告訴林東，白臉的這個娘娘腔叫柯雲，是從南方過來的過江龍，剩下的兩個都是京城本地的富商，一個叫廖平，一個叫廖紀，是兩兄弟。

林東訝然，娘娘腔柯雲一個人跟兩兄弟賭錢，難道不怕那兩人串通好了一起坑他嗎？

陸虎成從林東的表情中瞧出了他心裏所想，低聲說道：「你瞧廖家兄弟的臉色，到底是坑人還是被人坑？」

廖家兄弟頭上直冒汗，兩人皆是黑著臉，漲的和豬肝一個顏色，面露焦慮之色，再看他們面前籌碼，只剩寥寥幾塊。

這柯雲當真可怕，難怪陸大哥也要栽在他手裏了。林東心中暗道。

啪！

廖紀把手裏的牌往桌上一甩，站了起來，氣急敗壞的吼道：「他娘的，邪了門了，不玩了！」

柯雲的臉上看不出一絲一毫的惱怒，微笑著將廖家兄弟面前僅剩的籌碼拿到了自己的面前：「二位老哥，承讓承讓。」

林東聽到他的聲音，有點毛骨悚然的感覺。

廖家兄弟也是這個場子的熟客，二人的賭技在這個場子裏算是好的了，之前分別在柯雲面前翻了船，所以今天結伴同來，為的就是要贏回輸掉的錢和丟掉的面子。來時已在路上合計好了，沒想到仍是贏少輸多，今晚是不到三個小時，兄弟倆換來的五百萬籌碼全輸光了。

廖紀急著回去，卻被廖平拉住了，回頭瞪著哥哥：「哥，錢都輸光了，還不走幹嗎？」

廖平朝陸虎成看了一眼：「陸老闆來了，咱瞧瞧他能不能為咱兄弟報仇。」

陸虎成哈哈一笑：「廖老大，你是寒磣我啊，你又不是不知道我前前後後輸給他一千來萬了。」

聽了這話，廖紀倒是不急著回去了，和他哥哥坐到了一邊的沙發上去，等著看即將上演的一場好戲。這兩兄弟與陸虎成相熟，都是這場子裏的熟客，清楚陸虎成的實力，知道他不會甘願多次折在一個過江龍的手上的，瞧見他今晚身邊多了個陌生人，心想或許是陸虎成請來的幫手，說不定會有一場好戲可看，若是能看到柯雲被殺的慘敗，他二人也能出一口惡氣。

陸虎成在柯雲對面的位置上坐了下來，微微一笑：「我來了。」

柯雲點點頭，面無表情：「我看見了，今晚你想玩什麼？」

「不急，我問問我這兄弟。」陸虎成朝林東一笑：「林兄弟，你會玩什麼？」

林東擺擺手：「陸大哥，我不經常進賭場，只會一些簡單的。還是你玩吧，我在旁邊看著就成。」

廖家兄弟聽了這話，大感失望，原本以為陸虎成帶來的必定是強有力的幫手，哪知道玩都不會玩，看來今晚的勝負沒什麼懸念了。

「也好，你現在旁邊看幾局，大哥要是拿不下他，你再上來助我。」陸虎成收起笑容，對柯雲說道：「那今天咱們就玩簡單的，比大小，如何？」

陸虎成自知賭技不如柯雲，但自問運氣向來不差，比大小這類純粹碰運氣的，他就不信柯雲也能玩出花樣來。

「怎麼個比法？」柯雲微笑問道，陸虎成老奸巨猾，想到這麼個揚長避短的法子，不過要問賭運，他可從來沒輸給過任何人！

陸虎成說道：「很簡單，兩張牌比大小，點數是十一點最大，花人算半點，對子雙王對最大。」

柯雲點點頭：「噢，那個我知道了，不用介紹了，那就開始吧。要不要請荷官？」

廖紀站起起來：「還請什麼荷官？讓我代勞吧。」

柯雲點點頭：「我沒意見。」

陸虎成伸手做了個請的動作：「廖老二，發牌吧。」

廖紀拿出一副全新的撲克，洗好了牌，給二人面前各自發了兩張。柯雲忽然伸出了手，說道：「陸老闆，咱們好像忘了說明每局多少籌碼了？」

陸虎成笑道：「那就十萬吧，逢對子翻倍，雙王對翻三倍，如何？」

「很好很好。」柯雲陰惻惻的笑了笑。

「二位亮牌吧。」廖紀雙手抱在胸前，等著看第一局的結果，廖平也從沙發上站了起來，走到了近前。

陸虎成先翻了牌，第一張牌是六，第二張還是六，哈哈笑道：「六六大順，柯雲，看來我今晚要一雪前恥啦！」

柯雲微笑不語，同時翻開了兩張牌，一張十，一張七，加起來只能算六點。

「恭喜陸老闆拔得頭籌！」

「恭喜陸老闆先下一城！」

廖家兄弟見陸虎成開門見紅，紛紛賀喜。

柯雲從面前的籌碼中挑出兩塊十萬的扔到陸虎成面前，那眼神帶著輕蔑，彷彿是在說路還很長，別得意。

「發牌！」陸虎成沉聲道。

廖紀洗好了牌，發出了第二局的牌。

這一次柯雲先翻開了牌，一張十，一張八，加起來算七點。

陸虎成翻開牌，一張五，一張八，加起來只有兩點，扔了一塊代表著十萬的籌碼給了柯雲。

廖紀發了第四局的牌。

陸虎成翻開了牌，一張八，一張K，加起來八點半。柯雲一張九，一張Q，加起來九點半，仍是比他大，再贏一局。

接下來的幾十局，陸虎成輸多贏少，眼看著面前的籌碼越來越少，卻急得一點辦法都沒有。這種單純的比大小的玩法他都贏不了柯雲，不知該說是他的賭運實在不行，還是該誇柯雲的賭運實在太好。

在輸了五百萬之後，陸虎成長出了一口氣，就連廖家兄弟也替他急得滿頭是汗。

「兄弟，你來幫我玩幾局。」

陸虎成忽然站了起來，讓出了位置，把林東按在了座位上。

柯雲賭運正盛，如果風水不轉，他今天看來是沒希望贏他了，而林東是局外人，讓他入場，輸贏暫且不論，至少可以轉轉風水，破壞一下目前場中的局勢。

林東剛才一直在旁邊默默的觀察陸虎成和柯雲的比鬥，他發現一點，只要是柯雲切過的牌，那麼贏的幾乎全是他。廖家兄弟在柯雲手裏吃過大虧，自然不會暗中幫他，那麼就一定是他切的牌有問題，否則柯雲要擁有怎樣的運氣才能做到勝率在百分之九十五以上啊？

林東雖然想不出柯雲是如何通過切牌來贏牌的，不過他堅信這裏面肯定有問題。

「柯先生是吧，我有個提議，能否咱倆都不切牌，由廖老大來切牌？」

柯雲表面上平靜如常，內心則是波瀾洶湧，心知必是被林東瞧出了什麼。他自幼學習魔術，練就了一雙「如意幻魔手」，想要什麼牌可隨心所欲，憑此手段縱橫賭場，為了掩人耳目，怕被有心人看出來。他剛才在切牌的時候十次之中會故意切出一兩次讓陸虎成贏，沒想到竟被一個年輕人看穿了把戲。

「有什麼分別嗎？」柯雲目光柔和的看著林東，若是沒有聲音，但看他的眼睛，林東或許會放鬆警惕，不過柯雲的聲音難聽不說，反而學著女人的腔調。即便是個昏昏欲睡的人坐在他對面，也會全無睡意。

林東笑道：「既然沒分別，那讓廖老大切牌又有什麼不可呢？」

廖家兄弟聽他這麼一說，全都說道：「對啊，有什麼不可呢？」

柯雲笑道：「行，既然你提出來了，那就這樣吧，咱倆都不切牌，讓廖老大代勞。」

陸虎成聽林東提出了這個要求，仔細回想了一下剛才的勝負情況，也發現了這個問題，心中不禁佩服起林東的心細如髮來，對廖家兄弟說道：「二位，今晚我陸虎成若能一吐怨氣的話，趕明請二位吃飯。」

廖平笑道：「陸老闆能贏，也算是為咱兄弟出了一口怨氣，咱兄弟請你吃飯都可以。」

柯雲有點不耐煩了，「該發牌了吧？」

廖紀洗好了牌，送到廖平面前。「哥，切牌。」

廖平隨手切好了牌，廖紀轉瞬就將二人的牌發好了。

柯雲先翻了牌，一張十，一張二，運氣背到了家，總共加起來在一點，林東無論是摸到什麼牌，都不會輸給他。

林東呵呵一笑，「看來輪到我這邊走運了啊。」翻開了牌，一張十，一張三，加起來兩點。只比柯雲大了一點。

廖家兄弟皆呼：「好險好險。」

第二局，按規矩由贏家先翻牌，林東翻開牌一看，一張八，一張三，最大的點數，柯雲只有摸到對子才能贏他，翻開牌一看，一張六，一張四，點子不可不謂大，只是又比林東小了一點。

「好險好險。」

廖家兄弟又開始驚呼了。

第三局。

林東已漸漸進入了狀態，翻開面前的兩張牌，兩張都是A，最小的對子。林東之前說過他不常進賭場，不清楚裏面的玩法，卻連贏了柯雲兩局，柯雲並不擔心，新手一向運氣比較旺，他在等待，等待運氣回來的時刻，翻開牌，一張K，一張J，加起來竟然只有一點！

「媽的！」柯雲氣得把牌往桌上一摔，這運氣也太背了。

接下來的五六十局，柯雲總共贏了不到十局。陸虎成也忘了自己說過只讓林東玩幾局的話，索性讓給林東玩，自己樂得在一旁看柯雲變得越來越黑的臉。先前輸掉的五百萬，不知不覺中又已經撈了回來。

又往下玩了十幾局，林東的手氣紅得發火，簡直無法阻擋，柯雲全敗。

柯雲心亂了，額頭滲出了汗，從兜裏掏出一個精緻的粉色煙盒，上面繡了一朵大大的牡丹花，從裏面拿出了一支細長的女人煙，點燃抽了起來。陸虎成和廖家兄弟都還是第一次看到他抽煙，他們一直都以為柯雲不抽煙的。

「這傢伙輸的心急了。」

陸虎成和廖家兄弟心裏暗暗笑道。

啪！

柯雲把煙盒往桌子上一拍，「玩這個太沒技術含量，玩了那麼久了，也該換個玩法了吧？」

林東也點了一支煙，吸了一口，朝柯雲噴了一口煙霧，笑問道：「你想怎麼玩？」

「那得問你會什麼？」柯雲冷笑道。

林東撓撓頭：「紮金花吧？那個有技術含量。」

柯雲冷冷一笑：「你就會那個嗎？那我就陪你玩那個。」他除了如意幻魔手厲害之外，賭技也稱得上萬裏挑一，心想這方面林東絕討不到便宜。

林東朝廖家兄弟笑道：「有勞二位了。」

廖家兄弟一點頭，一個切牌一個洗牌。

柯雲抱著賭技穩贏林東的心態之時，卻不知林東正在暗暗竊喜，他有藍芒的幫助，可以看得出對方手裏握的是什麼牌，即便是柯雲賭技高超，任憑他如何使詐，也無法騙林東上當。

玩了幾十局，柯雲每起到打牌的時候，林東總是一早的就扔了牌，贏小輸大，不知不覺中又輸了五百萬。

柯雲不是濫賭之人。知道今天碰上了對手，攤開兩手，「不玩了。」

林東瞧了一眼陸虎成，陸虎成滿臉笑意，林東替他大殺柯雲，讓他出了一口怨氣，當下笑道：「那今天就到這兒吧。」

柯雲站了起來。走到門口，忽然轉過身來，望著林東，問道：「閣下真的不常賭博嗎？」

林東點點頭：「我只能說真的沒騙你。」

柯雲一臉的不信，心道只怪自已看走了眼，陸虎成請來了高手坐鎮還沒看出來。

「我認栽！」柯雲狹小細長的眼睛瞇成了一條縫，死死的盯住林東，他的聲音就像是從谷底吹來的寒風。令人渾身發冷。

柯雲一轉身，瘦小的身軀如鬼魅一般，一陣風似的消失不見了。

「這個人不簡單！」林東心中暗道，柯雲身上有幾分他琢磨不透的東西，應該不是普通人。

第八章 挫骨手

柯雲手一甩，鐵棍斜飛出去，撞到旁邊的牆上，立時就碎了。
另一隻手變化莫測，朝陸虎成的胸膛抓去。
這是他賴以成名的殺招——挫骨手！
一手足以將人挫骨揚灰！
柯雲的雙目之中只有陸虎成心臟的那一塊，
他知道下一秒他的五指就能伸進對方的體內，結束對方的生命。

經理看到柯雲出去了，知道這裏的牌局應該已經結束了。走進了包廂，朝陸虎成拱手笑道：「我剛才瞧見柯雲黑著臉走了出去，看來必是陸爺一雪前恥了！」

陸虎成哈哈笑道：「愧不敢當，若不是今天有我兄弟在，我根本還不是他的對手。」

經理朝林東看了一眼，自林東進了場子之後，他第一眼看到他就知道不是個常進賭場的人，卻沒想到是他殺敗了柯雲。笑道：「林爺深藏不露，厲害厲害！」

廖家兄弟也想說這句話，他們倆也看出了林東賭錢的時候手法不是很嫻熟。但是有一點比他們厲害的是，節奏拿捏的非常精準。有的放矢，小敗大勝，如此怎能不贏錢？

陸虎成對經理說道：「桌上的籌碼你替我收起來，老樣子，還是寄存在你店裏。」然後朝林東說道，「兄弟，咱們到別處逛逛去。」

林東朝廖家兄弟點了點頭，算是打過了招呼，跟著陸虎成走出了包廂。賭場裏是越晚越熱鬧，外面的大堂裏人更多了，煙味也更濃。

在剛才與柯雲的較量之中，林東多次動用魔瞳，耗損了不少元氣，此刻聞到這濃濃的煙味，心裏一陣噁心，有點想要嘔吐的感覺，連忙快步走出了賭場。陸虎成快步跟了出來，瞧他樣子像是不舒服，關切的問道：「林兄弟，你這是怎麼了？」

林東在外面深吸了幾口氣，這才感覺好些了，說道：「可能是裏面空氣太渾濁，我不太適應。」即便是面對陸虎成這樣的最親近的好友，林東也不敢將眼睛裏有藍芒的事情說出來。

陸虎成心想那裏面空氣的確很差，笑道：「兄弟，看來你還真是不經常去賭場，那咱們接下來是接著逛呢，還是回去？」

「後面還有什麼好玩的嗎？」林東問道。

陸虎成想了一下，「這紅谷裏頭吃喝嫖賭什麼都有，你才見過了賭，後面好玩的還多著呢。」

林東搖搖頭，「我對這幾樣都不是很有興趣，我看我們還是早點回吧，若是讓高倩知道你帶我來這種地方，非得指著你的鼻子罵你。」

陸虎成哈哈一笑，「喲！看來你還是個怕老婆的男人！」

林東搖頭一笑。

陸虎成道：「可惜了，真正好玩的你還沒玩到呢，要走就走吧。」

說著，帶著林東沿著來時的路返回，穿過樓梯，又回到了地面上，冷風吹在臉上的感覺很舒服。

走到車庫，取了車，陸虎成就開車載著林東往酒店去了。

上車之後，林東就閉上眼睛休息了。在賭場裏使用藍芒的次數太多，導致眼睛乾澀難受，那感覺就像是腫了似的。陸虎成瞧見他閉上了眼，一路上也未說話，放了一手舒緩的音樂，盡力將車子開得平穩，好讓他睡得舒服一些。

也不知到了哪裏，陸虎成忽然踩了剎車，林東處在睡夢之中，變生肘腋，來不及防備，「砰」的一腦袋往擋風玻璃上撞去，好在有安全帶拉住了他，否則以陸虎成一百碼的車速，非得碰個頭破血流。

「怎麼了，陸大哥？」

疼痛使林東徹底的清醒了過來，他睜眼望著陸虎成。

陸虎成皺著眉頭，臉色陰沉，低聲道：「兄弟，今天可能要連累你了。」

林東順著他的目光朝前望去，只見車子前面橫停著一輛麵包車，若是剛才不剎車，那肯定撞上了。

那麵包車的門被拉開了，裏面跳下來一群手持砍刀和棒球棍的小青年，殺氣騰騰的朝陸虎成的車走來。林東往後面一看，也有一輛麵包車，而那輛車卻沒有人下來。

他明白了，這是有人要搞陸虎成啊！

「解開安全帶！」陸虎成幾乎是以命令的語氣對林東說道，「兄弟，待會有機會你就跑！」

陸虎成曾和林東說過他樹敵太多，經常會有仇家買凶想要做掉他，平時劉海洋與他形影不離，劉海洋的恐怖戰力在京城是早已傳開了的。陸虎成是今天被人盯上的，發現他的身邊沒有劉海洋那個不要命的瘋子，反而多了一個文靜瘦弱的年輕人，所以就決定今晚動手。

在送林東回酒店的路上，陸虎成為了節省時間，抄近路開車進了一條巷子，被這夥人逮著了機會，在巷子裏將他攔了下來。

以陸虎成多年的打架經驗告訴他，前面車裏下來的人並不恐怖，恐怖的是後面車裏一直沒有動靜的那夥人！

看不見的敵人才是最恐怖的！

他前後左右都被封死，無路可退，唯有迎戰！

陸虎成掏出了手機，給劉海洋撥了個電話，然後把手機朝口袋裏一裝，如果劉海洋聽了電話，不需要他說，立馬就會知道這裏發生了什麼。

「後車廂裏有傢伙，我已經打開了後車廂，兄弟，我擋住前面這撥人，你去取傢伙。」

陸虎成處變不驚的這份冷靜讓林東大為佩服，他還是第一次遇到過這種陣仗，若是李龍三在這兒，或許接下來血腥味會令他發狂，可林東並不是李龍三那種刀頭舔血混社會的人，難免有些膽怯。

不過陸虎成的鎮靜像是一針強心劑，令他的恐懼感很快就消散了，強迫自己冷靜下來！

林東知道，劉海洋不在，陸虎成唯一的倚靠就只有他一人，甚至可能說，今晚是生是死，很大程度上取決於他能發揮出多大的能力！

砰！

陸虎成猛地推開了車門，抽出腰上纏的皮帶，手一抖，手中的皮帶如銀蛇舞動，發出「啪」的一聲清脆的響聲，在清冷寂靜的夜色下顯得格外凌厲！

林東繞身往車後跑去，掀開後車廂，就看到了裏面靜靜躺著泛著清冷光輝的鐵棍，抓了兩根出來，入手甚是沉重，心道若是砸在人的身上，只需一棍就能讓人趴下。

他轉身朝前面跑去，看到陸虎成已經深陷混戰之中，他以手中的皮帶作為武器，神出鬼沒，便如手持一把軟劍一般，令周圍手持刀棒的打手們難以接近他身旁。不過對頭人多勢眾，就算陸虎成厲害，也終究撐不了多久。

林東快速朝前奔去，他要把鐵棍送到陸虎成手中。

對方有幾人瞧見了林東，四五個人快速的包抄過來，心想先擒住了這小子，再逼陸虎成就範。本以為擒住林東是十拿九穩之事，哪知林東瞧見他們過來，不僅不避，反而加速朝他們跑來。

要趁他們沒有形成合圍之勢之前擊潰他們的陣勢，否則一旦陷入了圍攻之中，他就很難脫身將鐵棍送到陸虎成手上了。

三步！

兩步！

一步！

林東心裏默數著距離，當接近最前面的那個壯漢時，忽然揚起了手中的鐵棍，一招「力劈華山」，猛力的往那人頭上砸落。那人舉起手掌的砍刀想要格擋，心想以自己的體型來看，應該力量上要比林東強很多，所以並未盡全力。

當鐵棍與砍刀接觸的那一剎那，最前面的那壯漢半邊身子都被震麻了，無力握住砍刀，落了下來。林東的鐵棍只是被擋了擋，削去些力量，但還是砸落了下來。那壯漢已領教到了林東的力量，心知即便是剛才自己拚盡全力去格擋，也擋不住這一棍子，若是讓這一棍子砸中腦袋。恐怕立時就要腦漿四濺，慌忙之中，來不及躲開，只能一甩頭，讓鐵棍擦著他的耳朵過去，砸在了他的肩膀上。

「啊——」

壯漢發出一聲慘叫，顯然是肩骨已經斷了，身子一軟，倒在了地上。

後面四人一看這架勢，都是一愣，沒想到這個瘦高個那麼兇猛，一棍子就撂倒了己方一個好手。

林東趁他們驚訝之際，雙臂齊出，兩隻鐵棍一左一右，砸中了面前兩個人的臉，那兩人只覺腦中「嗡」的一聲，眼前一黑，便沒了知覺。

剩下兩個提起砍刀就往林東手上劈來，林東不閃不避。後發先至，鐵棍砸中了兩人的胳膊，頓時兩人握刀的胳膊就變了形，手中的刀都甩出了老遠，喪失了戰鬥力。林東連環踢出兩腳。正中兩人腿骨，將二人踢的倒在地上。

不聲不響的解決了五個人。後面的那輛麵包車內，蒙著面的人問道：「這個年輕人什麼來頭？怎麼這麼強？看樣子戰力不在劉海洋之下啊。」

車裏的一人搖頭說道：「不清楚，陸虎成以前身邊從未出現過這個人。」

「可別讓他壞了大事！」蒙面人冷冷道。

「陸虎成這次絕對逃不了。」一人冷哼道。

林東揮舞著鐵棍一路殺了進去，凡是在他兩米之內的敵人，全都是一棍子打倒，一直殺到陸虎成身旁。陸虎成已經快支持不住了，皮帶雖然能嚇人，但畢竟殺傷力太弱，他身上衣服已經被刀砍了幾下，有沒有流血，他感覺不到。

林東大吼一聲，將棍子塞到陸虎成手中。

「大哥，棍子！」

陸虎成扔掉了皮帶，右手握住鐵棍，彷彿一瞬間拔高了兩尺，渾身上下散發出可怕的戰意。

棍掃，慘嚎起，人倒！

一個一個又一個……

他不像林東，出手從不留情，每揮出一棍子，就是抱著打死對方的心態，林東則不同，總是會收幾分力，他害怕打死了人。

陸虎成那麼多年以來遇到過不知多少次伏擊，每次都能挺過來，靠的不是運氣，而是一個「狠」字！他就像一匹狼，一匹饑餓的狼，狠起來可以咬死比他壯大的牛，甚至是根本不在同一等級的大象！

兄弟二人背靠著背，陸虎成不再擔心後面有人偷襲，林東也不用擔心有人在後面出招，雙方都無需防禦，心裏只有一個字，打！

打死眼前站著的人！

劉海洋接到了戰友，帶著戰友去飯店裏喝了酒，久別重逢，都很高興，戰友喝高了，於是就把他送到了酒店。剛出酒店上了車，就接到了陸虎成打來的電話，一開始電話裏沒動靜，沒過多久就聽到了一聲聲金屬交擊的聲音。

他的心咯噔一跳，知道陸虎成必定是遇到了伏擊。他與陸虎成的電話都是特殊定製的，可以知道對方所在的位置，劉海洋查了一下陸虎成所在的位置，離他只有兩條街區那麼遠。

掛了電話，開車就往那裏奔去。

在車上，他直接給市局一把手凌峰打了電話。

凌峰早已下班回了家，本來都打算睡了，接到劉海洋的電話，心中一驚，大半夜的打電話給他，這肯定是出事了。

「凌局長，陸總在侏儒巷被人包圍了，你趕快安排就近的警力去支援他！」劉海洋說完就把電話扔在了一旁，開車全速往侏儒巷奔去。

凌峰上次得罪了陸虎成，正想找機會緩和二人之間的關係，接到這個電話，不僅不生氣，反而覺得是天降的好事，立馬著手部署警力去支援陸虎成。

林東和陸虎成看著腳下倒下的哀嚎的敵人，二人皆有一種力竭之感，不過此刻的血液卻是沸騰的。二人都受了傷，陸虎成不知道自己身上有幾處傷，也感覺不到疼痛，很久以前他就對疼痛喪失了感知。

而林東手臂上的幾道口子卻是疼的厲害，而且還不斷的往外冒血。

「大哥，沒事吧？」

陸虎成哈哈一笑，「死不了！」

二人緊緊盯著後面的那輛一直沒有動靜的麵包車，知道裏面該有重量級的人物出來了。

門，開了，露出一個瘦小的身形。

抬起頭，竟是晚上在賭場裏遇到的柯雲！

柯雲是京城萬盛投資公司老闆廣文安花重金從南方請來的金牌殺手。萬盛投資與龍潛投資的爭鬥已不是一天兩天了，隨著龍潛的日益壯大，萬盛的生存空間越來越小，已到了頻臨破產的境地。廣文安曾找過陸虎成，好話說盡，就是希望和陸虎成握手言和，期望陸虎成能夠放他一馬。

而被陸虎成盯上的敵人，就像是狼盯上的獵物，不把其咬死是不會鬆口的。

陸虎成不僅拒絕了廣文安的提議，而且對其冷豔嘲諷，令廣文安顏面掃地，這才起了幹掉陸虎成的心。

陸虎成看到了柯雲，這才明白為什麼自己今晚會被人盯上。其實柯雲一方面去賭場是為了賭博，還有另外一個原因就是他知道陸虎成好賭，經常去那裏，所以也是為了摸清陸虎成的底細。

陸虎成前面幾次去的時候都帶了劉海洋，柯雲一眼就看出來劉海洋實力的恐怖，如果出手，他並沒有必勝的把握。劉海洋當年是拳師的散打冠軍，無論是力量還是招數，那都是超一流級別的，加上陸虎成也是練家子，所以柯雲一直都沒有貿然出手，他一直在等待機會。

今天在賭場裏遇到了陸虎成，看到他沒有帶劉海洋來，而且劉海洋始終都沒有現身，柯雲就決定在今天下手了。出了賭場之後，柯雲馬上就打電話給了請他辦事的老闆，廣文安害怕他一個人難以成事，就找了一幫本地的混混過來。

柯雲本來並沒有把林東放在眼裏，不過在賭場裏被林東殺的大敗，總覺得林東身上總有他看不清的地方，只有氣機內斂的人才可以做得到。不過他並不肯定林東是否會給他帶來麻煩，廣文安這樣安排，他也沒反對，正好可以讓他們試試林東的手段。

柯雲藏在車裏看了好一會兒，發現林東除了力量出奇的大之外，一招一式都是普通人打架的招式，才斷定他並不會成為自己的障礙，這才從車裏跳了下來。

陸虎成瞧見是他，本來心裏就對柯雲藏著火氣，這下更如即將爆發的火山一般，握緊手中的鐵棍，「兄弟，讓我先打這傢伙吃屎！」

林東來不及攔住他，陸虎成已經朝柯雲衝了過去。

林東怕陸虎成吃虧，於是便緊緊跟了上去。

單論體型，陸虎成體魄魁梧，看上去就如一頭猛虎，而柯雲在他面前，充其量也就是隻大狗。

柯雲看似不緊不慢的朝陸虎成走去，其實沒兩步就到了他近前，形同鬼魅一般。

陸虎成揚起棍子朝他砸去，柯雲不閃不避，嘴角竟然泛起了一絲冷蔑的笑。

「大哥，小心啊！」

林東在陸虎成身後驚呼一聲，那一刻，他感受到了從柯雲身上散發出來的殺手般的陰冷刺骨的氣息。

陸虎成本以為一棍子能將柯雲砸得趴下，卻沒料到柯雲竟然迎著他的棍子衝了上來，不閃不避，心裏一時也沒有其他想法，只要這一棍子砸到了他，陸虎成堅信對方就算是一塊石頭，也得崩碎！

柯雲臉上冷蔑的笑容先是凝在了臉上，帶著悲憫蒼生般的感歎。世人皆瞧不起他，而他卻總能做出令世人震驚之事！

白光一閃！

柯雲纖細瘦長的手指竟朝鐵棍抓去！

他這是瘋了嗎？

陸虎成心道，這一棍子凝聚了他全身的力道，柯雲難道想憑五根手指來攔住這天崩地裂的一棍？

可笑，真是瘋了！

下一秒，陸虎成臉上的冷笑就瞬間變成了驚駭！

嘶……

一口涼氣倒吸，柯雲竟像是變魔法般將上一秒還在他手裏的棍子變到了自己的手裏。

陸虎成明明看清了鐵棍砸在了柯雲的手上，卻像是砸在了一團棉花上，軟綿綿的毫不受力，下一秒就只覺一股奇異的力道透過鐵棍傳來，他手一滑，棍子就到了柯雲的手上。

這時，他才聽清了身後林東的驚呼！

天吶！

這一刻他才明白自己犯了一個多大的錯誤，為了復仇，竟然喪失了冷靜與理智。以柯雲瘦小的身材，竟然敢迎著他衝過來，這說明他根本就不怕！若不是深藏不露的高手，豈敢這樣做！

陸虎成猛然醒悟，瘋了的不是柯雲，是他自己。

一瞬間，形勢逆轉。原本打獵的人，卻變成了獵物眼中的獵物！

他連忙收住腳步，慌忙往後退去，他知道接下來該是柯雲發難的時候了！

柯雲手一甩，沉重的鐵棍斜斜飛了出去，撞到了旁邊的牆上，立時就碎了。另一隻手變化莫測，朝陸虎成的胸膛抓去。這是他賴以成名的殺招——挫骨手！

一手足以將人挫骨揚灰！

這一刻，柯雲的雙目之中只有陸虎成心臟的那一塊，只要他的手碰到了對方的衣服，他知道下一秒他的五指就能伸進對方的體內，結束對方的生命。

當此之時，就在柯雲將要成功之際，一支黑冷的鐵棍橫著插了過來，擋在了他的手前。

咔嚓。

柯雲的挫骨手抓到了林東伸過來的鐵棍上，火星四濺。

林東只覺一股極為霸道陰狠的力道透過鐵棒傳來，令他拿捏不穩。手中的鐵棍就要脫手而飛。一股爭勝之心從他心底升起，只覺胸口的玉片忽然一熱，四肢百骸忽然之間被一股絕大的力量充塞，右手牢牢的抓住了鐵棍！

柯雲一招被擋，陸虎成才得以退出他伸手所及之處。

柯雲極為震驚，他全力之下，竟然沒能將林東手中的鐵棍奪了過來！簡直令他不敢相信。

臉上冷蔑的笑容變為了狠絕，眼神如利刃般凌厲，誓要將這個接連帶給他挫敗感的傢伙挫骨揚灰。挫骨手順著鐵棍朝林東的右手抓去，他堅信只要被他抓到，林東的右手立時就將脫離他的身體。

剛才柯雲的手指離陸虎成僅有三寸遠。陸虎成感受到了一股透體的寒意從他手指間傳出。低頭一看，胸前的衣服竟已破開了幾個洞。若不是發生在自己身上，他絕難相信世上竟有那麼狠毒的功夫，令他想起了武俠小說中的邪派功夫，想起柯雲的一切都是那麼的詭異。

猛然看到柯雲的手朝林東的右臂抓去，驚叫道：「小心他的手！」

林東不是傻子，立馬棄了鐵棍，往旁邊躲閃。此刻他全身內勁充盈，速度絲毫不亞於柯雲，只是一瞬，就已避開了。林東半天功夫都沒學過，一招不懂，看得出柯雲是個極厲害的高手，若是被他近了身，吃虧的肯定是自己，一心只想躲避。

「嘿！你的目標不是我嗎？再不來我可走了啊！」

陸虎成瞧見林東疲於奔命，好幾次都險些被柯雲抓到，用力一吼，不知可不可以把柯雲的注意力吸引過來。

柯雲一愣，陸虎成這一吼倒是提醒了他，他只要殺了陸虎成，就算是完成了任務，幹嘛跟這小子糾纏，一轉身，朝陸虎成撲去。

「娘娘腔，怎麼不來抓我啦？」林東也吼了一聲。

柯雲最討厭別人說他是娘娘腔，立馬頓住了腳步，扭頭朝林東嘶叫一聲，那聲音陰森恐怖，猶如夜鬼哀嚎。

巷口兩道光線射了進來，一輛城市越野車全速朝這裏衝來。

陸虎成面露喜色，知道劉海洋到了，大笑叫道：「兄弟，海洋來了，我們無憂矣！」

柯雲咬牙切齒，施展身法，全力朝陸虎成撲去，必須在一瞬間將目標擊殺，否則等到劉海洋到場，他的任務就算是失敗了。

陸虎成豈會不知道柯雲心中所想，忽然手一揚，一道強光朝他的臉上射去。這是他隨身攜帶的迷你型強光電筒，在弱光的環境下，突然射到人眼裏，能使人雙目有個十秒鐘左右的失明。

柯雲就算是再快也快不過光速，這一下怎麼也躲不過，強光照在了他的臉上，雙目刺痛，一時間什麼也看不清了，只覺眼前一片暈黃。

劉海洋已然下了車，速度極快，轉眼間就到了陸虎成身前，焦急的問道：「陸總，沒事吧？」

陸虎成長出了一口氣，笑道：「沒事，多虧了有林兄弟。海洋，替我好好教訓一頓這個娘娘腔！」

劉海洋一點頭，一腳就朝柯雲踢去。柯雲眼睛已經能夠看清了東西。慌忙避開了劉海洋的一腳，二人實力相當，你來我往，打的難解難分。

陸虎成的目光盯著面前的那輛麵包車，過去拾起地上的鐵棍，朝那車走去。

廣文安在車裏瞧見了陸虎成像是要吃人的眼神，也顧不得柯雲。趕緊下令開車，「快開車，快跑！」

麵包車掉了個頭，加速往巷口衝去。

眼看就要衝出了巷子，忽然間四面八方警笛聲四起，侏儒巷兩頭都被警車封的死死。麵包車一個急刹車，裏面衝出來兩個人，是廣文安和他的助理。二人知道一旦被抓意味著什麼，想要翻牆逃走，還沒爬上牆，就被衝過來荷槍實彈的員警給摁住了。

再看那頭，劉海洋和柯雲纏鬥在一起。柯雲的功夫陰柔詭異，招式變幻莫測，神出鬼沒，而劉海洋的功夫則恰巧相反，剛猛無儔，招式大開大合，看似簡單，實則霸烈無匹！

林東撿起了地上的鐵棍，走到陸虎成身旁，問道：「陸大哥，要不要上去幫忙？」

陸虎成搖搖頭，「不必了，海洋一個人能收拾他，你瞧海洋的樣子，多興奮啊，他也好久沒遇到這樣強勁的對手了，讓他過足癮吧。」陸虎成一低頭，看到林東衣服上的血跡，再看他臉色蒼白，應該是失血過多的緣故，驚問道：「兄弟，你怎麼流了那麼多血？」

林東一笑，「剛才娘娘腔想要奪我的棍子，我拚盡了全力不讓他奪過去，使手臂上的傷口又裂開流血了。陸大哥不用擔心，我沒事的。」

這時，凌峰在眾多員警的簇擁下朝陸虎成走來，瞧見劉海洋正跟一個人纏鬥，拿起擴音器叫道：「那個矮子，投降吧，否則把你射進馬蜂窩！」

柯雲心知這次任務失敗了，就連花錢請他來的老闆都被抓了，早就想逃跑了，但劉海洋實在厲害，被他纏住，根本就無法脫身，鬥了許久，眼見員警朝這邊湧來，心浮氣躁，招式也漸漸亂了，一個不防，被劉海洋一肘子擊中面門，頓時口角出血，半邊臉感覺都陷下去了。

一招輸，滿盤輸。

劉海洋連出狠招，柯雲連遭重擊，很快就失去了戰力，被劉海洋生擒活捉，一隻腳踩在了地上。

全副武裝的武警衝了上來，十幾隻黑漆漆陰森森的槍口對準了柯雲的腦袋。

柯雲放棄了掙扎，扭頭憤恨的看著劉海洋，「姓劉的，若不是仗著人多，你能打得過我嗎？」

劉海洋冷笑道：「打不過你這個臭娘娘腔，我他娘的還配叫『劉海洋』嗎？說實話，你的本事真不錯，可惜沒機會再跟你交手了，你就等著被槍斃吧。」劉海洋已瞧出了柯雲的武功路數，正是公安部殺手榜上排名第五的好手，手上血債累累，如今被俘，哪還有活著的機會。

武警們將柯雲銬住，押了過去。

劉海洋對其中一名頭頭模樣的員警說道：「小心看管，這個娘娘腔厲害著呢，別被他逃了。」

那人點了點頭，吩咐加派人手看管柯雲。

凌峰走到陸虎成面前，一臉緊張的問道：「陸總，沒事吧？我來晚了，讓你受驚了。」

陸虎成冷冷道：「你來的不晚，總算看到我還活著。」隨後掃了一眼凌峰身後的員警，說道：「你的兄弟今晚辛苦了，改天我請他們吃飯。」

凌峰鬆了口氣，知道這是陸虎成原諒他的信號，連忙說道：「不辛苦不辛苦，保護人民的安全是他們應該做的。」

陸虎成問道：「凌局，麵包車裏的人在哪？」

凌峰對旁邊一人說道：「把他們帶過來。」

那人一點頭，朝後面走去，很快將廣文安和他的助手押到了陸虎成的面前。

「廣文安？原來是你！」陸虎成覺得有些驚訝，廣文安在他的印象裏是個規規矩矩的人，沒想到他也能做出買兇殺人的事情。

廣文安怒瞪著陸虎成，目光之中滿含憤恨，「姓陸的，你他媽不給我活路，不是你死就是我亡！」

陸虎成神色一暗，揮揮手，「帶下去吧。」

廣文安嘴裏罵罵不絕，被押他的武警連搧了幾個巴掌，打的嘴角流血，仍是叫罵不止。買兇殺人，當場被抓，他這輩子算是完了。

凌峰說道：「陸總，要不要我派人護送你回去？」

陸虎成道：「不必了，凌局，你帶著你的人撤吧，我也回去了。」

凌峰跟陸虎成道了別，帶著手下離開了

侏儒巷裏重新恢復了平靜，就像是什麼都沒發生過一樣。

陸虎成身中幾刀，林東也受傷不輕，劉海洋一眼從他二人臉上掃過，就知道他倆都流了不少血，說道：「陸總、林總，上車吧，我送你們去醫院。」

二人一點頭，跟在劉海洋上了車。

第九章

失踪的教父

經過這些日子的相處，管蒼生的努力是整個資產運作部有目共睹的，早上第一個到辦公室的肯定是他，晚上最後下班的也肯定是他。崔廣才嘴上不說，但是心裏已經對管蒼生不是那麼排斥了，聽說管蒼生失蹤了，他心裏的著急不比林東少。

劉海洋開車將他們送到京城裏的一家私家醫院，這裏有陸虎成御用的外科大夫，幫他和林東處理好傷口之後，讓他們好好休息，說並無大礙。

林東和陸虎成躺在同一間病房內，想起今晚之事，林東仍是心悸不已，陸虎成則一臉淡然，他經歷過太多這樣的事情，早就習慣了。

「如果不是海洋及時出現，今晚就危險了。」林東忽然想起遇襲的時候並沒有見到陸虎成通知劉海洋，問道：「對了，海洋是怎麼知道咱們在哪兒遇襲的？」

陸虎成拿起了手機，笑道：「全靠這玩意兒，別小看它，高科技。」

「那照向柯雲的光線又是怎麼回事？」林東好奇的問道。

陸虎成把手機拋給他，「你那麼感興趣，就拿著自己琢磨琢磨，都在這手機裏頭。」

林東拿起陸虎成的手機，他不是第一次見到陸虎成的手機了，以前覺得陸虎成的手機很特別，也看不出是什麼牌子。這手機足有五寸大，有兩釐米那麼厚，機身全部採用金屬構造，有些分量，手感不錯。除此之外，林東也看不出來有什麼特別之處。

劉海洋介紹道：「林總，手機正面螢幕上覆蓋了一層防彈玻璃，下面還有一層太陽能面板，既保證了這部手機的堅固性，也可以保證它永不斷電。手機的頂部有一個燈頭，你瞧見的強光就是從那個燈頭裏射出來的。面板的下面是幾個快捷鍵，其中一個就是手電筒的開關。再看背部，為什麼會那麼厚？因為內部裝置了一塊特殊製造的電池，不然也不可能射出那麼強的光線。對了，手機的內部還有許多功能，諸如定位、大英圖書館的百科檢索，世界地圖，體溫計等等。」

林東笑道：「我總算明白這玩意為什麼那麼大了，原來內部構造那麼複雜。」

劉海洋笑道：「還不止這些呢，這部手機採用的作業系統跟市面上所售的手機大不相同，是完全封閉的，無法侵入，還有就是採用的是衛星電話的信號，可以避免被竊聽，就算是在山裏，也有信號。」

「在哪兒買的？我也想弄一部。這玩意太好了！」林東急問道。

劉海洋嘿嘿一笑，「這我就不知道了，你問陸總吧。」

陸虎成躺在病床上，打了個哈氣，說道：「從瑞士定做的，五十萬一部，我總共訂了三部，一部自己用，一部給了海洋，另一部在司空琪那兒，不過從沒見她用過，她嫌這玩意兒太醜。兄弟，今晚若是沒有你替我擋住了柯雲，我就完蛋了。你若是喜歡，我給你弄一部去，千萬別跟我談錢，談錢傷感情。」

林東笑道：「五十萬對你而言太小意思了，我原本就沒打算給你錢。」

陸虎成笑道：「你等著，這東西造一部不會那麼快的，要在各種極端環境中進行測試，估計要兩個月才能到你手上。」轉而問劉海洋，「海洋，那柯雲是什麼來路？怎麼那麼厲害？」

林東也支棱起了耳朵，等待劉海洋的回答。

劉海洋道：「柯雲的來路可不簡單，他的武功陰柔狠絕，屬於南方幻雨門的路數。我瞧過林總被他奪去的那只鐵棍，上面有幾個半個玻璃球大小的淺窩。應該就是傳說中的挫骨手。」

「啊？能在生鐵鑄造的鐵棍上捏出淺窩，那手指的力量該有多恐怖啊？」林東訝聲道。

劉海洋道：「幻雨門所有的功夫都在於修煉兩隻手，他們有一種奇特的修煉法門，可以將全身力氣凝結於之間，若是肉身被他抓住，他的手指立馬就能刺透人體，致人身亡。」

「我真有點不敢相信這些都是真的，感覺像是看武俠小說似的。」林東笑道，想起和馮士元那次在雲南見到的毛興鴻的手法，也是那麼的詭異狠毒，心道世上原來還有很多他不瞭解但實實在在存在的事情。

劉海洋沉聲道：「武俠小說並不是胡編亂造的，的確有幾分是真實的。不僅中國有博大精深的武術，世界上其他國家的武術也各有特色。世界之大。無奇不有！

各門各派都有自己的修煉法門，幻雨門專練一雙手，還有專練腿功的，甚至有專練眼睛的。」

「眼睛？難不成眼睛也能傷人？」林東笑問道。

劉海洋點點頭，「眼睛可以迷惑人，可以對對手進行催眠，甚至可以通過眼睛控制對手的神智，令其為己所用。不過比起手腳，修煉眼睛的難度要大很多。」

林東目瞪口呆，陸虎成這類奇聞異事聽得多了，已打起了呼嚕。

劉海洋道：「我到外面休息，林總，你也累了，早點休息吧。」

劉海洋出去了，關上了房門。林東躺在床上，整個人都被疲憊感包圍，很快就昏昏沉沉的睡了過去。

當他醒來之時，已是第二天中午了。

陸虎成已經醒來，他雖然受傷的地方比林東多，但傷口都很淺，失血比林東少，「林兄弟，醫生在外面等著呢，要給你的傷口換點藥。」

林東已經感覺不到疼痛了，和陸虎成走到外面，醫生解開了紗布，驚訝的發現，林東的傷口已經癒合了！

「奇怪，怎麼會恢復的這麼快？」醫生盯著傷口，自言自語道。

林東心知是玉片的作用，問道：「醫生，該給我上藥了吧？」

醫生搖搖頭，「不必了，回去注意保護，不要讓傷口感染。」

林東出去之後，醫生對陸虎成說道：「陸總，你這個朋友的體質異於常人啊！」

陸虎成微微一笑，他早就看出來林東的不同尋常了。昨晚與柯雲的交戰之中，林東竟然能在速度和力量上都不輸給柯雲，已經讓他大吃一驚了。

走到外面，對林東說道：「林兄弟，咱們走吧。」

二人並肩出了醫院。

「你公司的員工還不知道咱們昨晚出事了，未免他們擔心，所以我讓海洋通知了他們，就說你和我去辦點事情。」陸虎成道。

劉海洋已將車停在了醫院門口，見二人出來，拉開了車門。陸虎成和林東上了車，劉海洋開車帶著他們朝酒店去了。

到了酒店，金鼎的員工除了管蒼生之外都已出去玩了。陸虎成把林東送到酒店，和劉海洋離開了。

管蒼生在酒店的大堂裏看報，林東瞧見了他，走到他面前，「管先生，其他人呢？」

管蒼生這才發現了他，說道：「他們結伴出去逛了，說是要買點東西帶回去送給沒能來的同事。」

林東在他對面坐了下來。

管蒼生道：「劉海洋今早來說你和陸兄弟有事去了，我昨晚記得你們說只是去玩玩，怎麼徹夜未歸？」

林東也不打算瞞他，說道：「昨晚在回來的路上出了點狀況，差點就回不來了。」

管蒼生急問道：「到底發生了啥事？」

林東將昨晚半路遇襲的過程說了一遍，管蒼生聽得驚詫不已。

「陸兄弟鋒芒太銳，這次萬幸脫險，俗話說常在河邊走哪能不濕鞋，見到他我要勸勸他。」管蒼生歎道。

林東點點頭，「我受傷的事情不要告訴其他人，我怕他們擔心。」

管蒼生道：「放心吧，我的嘴巴嚴得很。」

二人一起在酒店裏吃了午飯，其他人仍未回來。林東回房間休息去了，管蒼生說是要出去蹓躂蹓躂。在房裏一覺睡到傍晚，醒來之時，太陽已經落山了，感覺到傷口已經有點發癢的感覺了，心知這是快要結疤的徵兆。

一個白天幾乎都在床上度過了，林東想到外面走走，到了樓下大堂，就見金鼎眾人拎著大包小包剛好進門。

眾人也瞧見了他，紛紛走了過來，和他打了招呼。

「各位都買了什麼？」林東笑問道。

眾人七嘴八舌，他聽也聽不清。

「大家出來已經有幾天了，請大家收收心，明晚啟程回蘇城。」

眾人意猶未盡，還沒能好好逛逛京城，但也知道這次出來老闆能讓他們玩那麼久，也算是仁至義盡了。

「你們逛了一天也累了，回去休息一下，我出去走走，回來就開飯。」

眾人上了樓，林東走出了酒店，漫無目的的朝前走去，不知不覺中又走到了金融大街。此刻正值下班時分，金融大街上車水馬龍，與京城混亂的交通秩序比起來，這裏的車輛井然有序，雖然車多，倒也不顯得混亂，足可以證明在這裏工作的人的整體素質還是不錯的。

林東走進了路邊的一間咖啡館裏，金髮碧眼的外國女郎走了過來，一口道地的英國倫敦腔，問他需要什麼。她見林東沒有回答，又用中文問了一遍，「先生，您需要點什麼？」

這外國女郎中文也講得字正腔圓。

林東用英語回答了她，笑道：「one latte, thanks.」

外國女郎俏皮一笑，轉身去了，很快給他送來了一杯拿鐵。

林東坐在窗前，欣賞傍晚時分的金融大街景象，想到前天和管蒼生在這裏遇到成智永，那傢伙被他揍了一頓，還要求警方嚴辦他和管蒼生，若是知道他和管蒼生早就出來了，不知會不會氣得暴跳，跑到荷蘭大使館告狀呢？

他本不愛喝咖啡，不過金融大街這家店的咖啡卻很香，濃濃的奶香中混合著淡淡的咖啡香，入口後齒頰留香。

一杯咖啡喝完，林東起身去了前台結賬，付款時才知道這杯咖啡價值不菲，竟然要兩百塊。不過看到收錢的外國美妞甜美的笑容，他還是很開心的付了款。

「謝謝，再見。」

林東開始往回走，太陽下山以後，京城的氣溫驟降，街道上冷風刺骨，他裹緊了衣服，朝酒店走去。

回到了酒店，林東回到客房打算叫金鼎眾人下去吃飯，來到門前，聽到隔壁穆倩紅的房間裏傳來很多人的聲音，過去一看，原來大夥兒都集中在了這裏，正在聊天說笑。

林東掃了一眼，說道：「都在啊，那省的我一個個叫了，走，下去吃飯吧。」

眾人出了穆倩紅的房間，林東和穆倩紅走在最後面，穆倩紅說道：「林總，我知道你沒時間去買帶回去的東西，我今天逛街的時候給你買了一些，待會吃完飯拿給你。」

「倩紅，太感謝你了。」林東說道。

眾人走到電梯口，林東忽然發現少了個人，問道：「管先生呢？誰看見了？」

眾人或是搖頭或是擺手。

崔廣才道：「管先生本來就不跟我們這幫人有什麼交流，應該還在房間吧。」

林東心想也是，說道：「你們先下去，我去他房間找找。」

穆倩紅道：「林總，我跟你一起去。」

二人走到管蒼生的房門前，林東按了按門鈴，裏面半天也沒有回應。穆倩紅打電話給了前台，前台很快就派了人過來，問了一下情況。穆倩紅告訴她裏面的客人是和他們一起的。酒店的工作人員問明了情況就把門打開了，林東和穆倩紅進去一看，管蒼生不在裏面。

「咦，他能去哪兒了呢？」

中午吃了午飯之後，林東回客房休息了，管蒼生說是要出去走走，看樣子他一直沒有回來過。

林東心裏隱隱有種不祥的預感。管蒼生連個手機都沒配，聯繫都聯繫不上。

「倩紅，咱們下去吧。我去找找管先生。」林東快步往外走去，穆倩紅緊跟在他身後。

「林總，你上哪兒找他？我跟你一塊去。」穆倩紅道。

林東說道：「也好，你打電話給老崔他們，讓他們先吃飯，不用等我們了。」

穆倩紅摸出了手機，給崔廣才打了個電話，說管蒼生不見了，她和林東去找找，讓他們先吃飯。

二人出了酒店，林東忽然停住了腳步，發現自己這漫無目的的尋找只會浪費時間，想了一想，管蒼生對這裏並不熟悉，唯一還算是熟悉的地方就是金融大街了。

穆倩紅問道：「林總，京城那麼大，咱們從哪兒找起呢？」

林東道：「暫時還不能確定管先生是否失蹤，也許是迷路也很有可能。他中午的時候跟我說出去走走，我想應該不會走太遠，而這一片他唯一熟悉的就是金融大街了，咱們先到那裏去找找。」

穆倩紅邊走邊給崔廣才發了簡訊，讓他們一有管蒼生的消息，立馬打電話通知她。

金融大街並不算太大，二人邊走邊問，管蒼生穿著與這個時代格格不入的破舊的老棉襖，如果出現在這裏，應該會給人留下很深的印象。

然而二人從街頭問到了街尾，一無所獲，正當林東急躁之時，穆倩紅道：「林總，要不打電話請陸總幫忙？他在這裏人脈很廣，有他幫忙，總好過咱倆漫無目的的尋找。」

林東一拍腦袋，「我都急暈了，怎麼把陸大哥給忘了，他手眼通天，肯定能幫得上忙。」掏出手機給陸虎成打了個電話，說明了情況。陸虎成立馬就給凌峰打了個電話，請他幫忙，凌峰二話不說，馬上在京城公安系統內部發出了命令，出動大規模的警力上街找人，一時間，京城的大街小巷內都有員警的蹤影現身。

陸虎成給凌峰打了電話，就打電話給林東，「林兄弟，你別著急，我現在趕去酒店，你在酒店等我，我們見面了再商議。」

林東掛了電話，就和穆倩紅往回走去。

二人剛到酒店門口，就見陸虎成的車衝了過來，劉海洋和陸虎成從車裏下了來。

陸虎成快步跑到了林東身前，問道：「管先生出去之後一下午都沒回來過？」

林東答道：「中午我和他一起吃了午飯，後來他說要出去走走，我就上樓休息去了，等到去叫他吃晚飯，才發現他根本不在房間，我推測他是中午出去之後就沒回來。」

「你知道他在這裏還有什麼熟人沒？」陸虎成問道。

林東搖搖頭，「這我還真不敢肯定，我想應該有。當年管先生好交朋友那是出了名的，三教九流都認識，朋黨成群，應該有些故人在京城，上次的成智永就是個例子。」

陸虎成沉吟道：「管先生當年做事的風格跟我相似，應該得罪了不少人，會不會有些人懷恨在心一直到現在？」

林東忽然想起昨晚在侏儒巷的遭遇，管蒼生可沒有他和陸虎成那麼能打，如果真的有以前交惡的人要對他不利，恐怕他連還手之力都沒有。

林東心急如焚，如果管蒼生真的有了什麼不測，他損失了一名帥才不說，讓張氏失去了兒子，這才是大罪過啊。

「管先生是我帶過來的，當初他執意不來，還是我苦口婆心的把他勸來的，若是真的出了什麼事情，要我如何面對張老太太？我一定要把他找回來！」林東握拳道。

陸虎成安慰他道：「林兄弟，你別自己嚇自己了，說不定管先生發現了什麼好地方，一時玩的忘記了時間呢。我已經請凌峰幫忙了，他出動了大批警力去尋找管先生。管先生的特徵很明顯，應該不是很難找。」

崔廣才等人已經吃過了晚飯，聽說管蒼生不見了，他們吃的也不舒服，簡單的填飽了肚子，就回房等候了。崔廣才隔幾分鐘就到管蒼生的門口看看，只是一直看不到管蒼生的身影。

經過這些日子的相處，管蒼生的努力是整個資產運作部有目共睹的，早上第一個到辦公室的肯定是他，晚上最後下班的也肯定是他。崔廣才嘴上不說，但是心裏已經對管蒼生不是那麼排斥了，聽說管蒼生失蹤了，他心裏的著急不比林東少。

酒店的大堂內，林東和陸虎成急的來回踱步，忽然間，二人同時想到了一個人！

「會不會是成智永搞的鬼？」二人異口同聲道。

陸虎成與成智永也算是熟人，二人在不同場合經常碰面，對他算是有點瞭解，成智永這個人睚眥必報，是個心胸狹窄之人，上次林東把他揍的那麼慘，他肯定會懷恨在心，加上他本來對管蒼生就成見很深，很有可能對他下手。

林東則認為管蒼生下午肯定去過金融大街，極有可能是在那裏消失的，而他第一反應就想到了成智永，直覺告訴他管蒼生的失蹤跟成智永肯定有關。

陸虎成轉身對劉海洋道：「海洋，派人查查成智永最近幾天都做過什麼。」

劉海洋點點頭，轉身去打電話。龍潛公司暗中有一張無形的網，滲透到京城各個地方，這張網的網結就是一個個暗中為龍潛公司提供消息的人，他們有的是員警，有的是政府職員，有的是教師，有的是公司職員，甚至可能路邊修車的匠人和賣水果的小販。

劉海洋給龍潛公司滲入在風雷投資中國區總部的一個職員打了電話，向他詢問成智永最近的動靜。那人告訴劉海洋，最近成智永脾氣非常暴躁，手下人做出一點事就挨他吼罵。劉海洋詳細問了問他成智永今天做過什麼事情，得知今天下午一點多鐘成智永離開了公司，然後就一直沒有回來。

劉海洋掛了電話，過來對陸虎成道：「陸總，問過了，成智永今天下午一點多離開了公司，然後一直就沒回去。」

陸虎成道：「知不知道他去哪兒了？」

劉海洋道：「線人說成智永今天並沒有行程安排，所以基本上可以排除去見別人的可能性。」

林東道：「我與管先生吃完午飯的時間大概是中午一點，假設管先生去了金融大街，成智永是一點多離開的公司，二人很可能遇上。」

「你的意思是說，管先生很可能被成智永擄走了？」陸虎成道。

林東點了點頭，「從成智永前天要求員警嚴辦我們，就可以推測出他不是個不記仇的人，如果被他遇上了一個人散步的管先生，我猜他很可能對管先生不利！」

陸虎成道：「沒時間在這猜測了，找到成智永就知道了。」

陸虎成掏出手機，給成智永撥了個電話，打算藉口約他出來喝酒，然後對其進行盤問，哪知電話打了好久，一直都是無人接聽。

「龜兒子不接電話，難不成是在躲我？」陸虎成帶著火氣說道。

林東道：「成智永說不定已經知道了你和我們的關係，因而看到你的電話才不接的。我想到了一個人，或許可以從他身上找突破點。」

「誰？」陸虎成問道。

林東道：「她叫趙小婉，管先生沒坐牢之前，是管先生的情人，後來跟了成智永了。上次在金融大街上與成智永起衝突的時候，趙小婉就在場。我看出她對管先生是心存愧疚的。」

「趙小婉……」

陸虎成笑道：「這個女人我也見過，的確是有幾分姿色，成智永經常帶著她出席活動的，看上去還挺恩愛的樣子。」

劉海洋補充了一句，「趙小婉和成智永在幾年前就已經結婚了。陸總，當時他們結婚的時候還給你派了請柬，可惜你當時不在京城。」

「這麼說趙小婉已經是成智永的老婆啦，她會幫咱們嗎？」陸虎成沉吟道。

林東道：「很有可能會幫我們。」他將那次在金融大街上看到的成智永是怎麼對待趙小婉的事情說了一遍，眾人才明白原來這對夫妻一直都是貌合神離。

陸虎成道：「事不宜遲，咱們現在立即去找趙小婉。」

第十章

難忘舊日情人

這個男人就像是一道光，照進了她灰暗的生活中。

他不會像別的男人一樣只會占她的便宜，他沒把她當做一個陪酒女郎對待，還是像一個朋友一樣給予她關懷，是那麼的溫暖與珍貴。

管蒼生會傾聽她的故事，瞭解她內心的世界。

趙小婉承認，她對管蒼生曾經很癡迷，那是一種叫「感情」的東西。

即便是現在回憶起來，仍是會有一種臉頰發燙的感覺。

以成智永和趙小婉現在的感情狀況，如果成智永擄走了管蒼生，那麼一定不會讓趙小婉知道。但是趙小婉和成智永畢竟是夫妻，成智永可能去的地方，趙小婉應該會比較清楚。

劉海洋動用了一些手段，查到趙小婉正在一間酒吧內喝酒。趙小婉善飲，當年管蒼生與她相識就是因為酒，並且曾形容她是一杯毒酒，量少則無事，喝多了就會要人命。

劉海洋開車載著陸虎成、林東。林東把穆倩紅留在了酒店。酒店裏必須留下一個坐鎮的人，如果一有管蒼生的消息，她就會通知林東。穆倩紅回到客房之後，將金鼎眾人全部召集了起來，商量著是否可以從其他管道來幫助尋找管蒼生。

眾人原本興致高昂，一聽到管蒼生離奇失蹤了之後情緒都很低落，膽小者甚至還會有點惶惶不安的感覺。管蒼生雖然平時和他們走的不是很近。但從內心深處來講，金鼎眾人對這個曾經的中國證券業的傳奇教父都心懷敬意。

在知道老闆林東在管蒼生失蹤之後是有多麼著急之後，眾人就更加想做點什麼了。

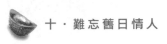

「林總為了找管先生，到現在晚飯都還沒吃。」

穆倩紅歎了一聲，說道：「如果各位有什麼法子的話，請說出來，大傢伙一起參考參考。」

崔廣才率先說道：「倩紅，我覺得管先生可能是在金融大街失蹤的。昨天大夥一起去故宮玩的時候，管先生也拍了些照片，我們可以帶著他的照片去金融大街上問問。管先生的穿著與這個時代有些格格不入，我相信只要是見過他的人，一定會有印象的。」

穆倩紅點點頭，「老崔，你多帶幾個人過去，把管先生的照片洗大些。其他人呢？還有沒有別的想法？」

彭真扶了扶眼鏡，說道：「倩紅姐，我想我們可以通過網路的力量來尋找管先生。」

彭真是電腦高手，國內知名的駭客，國際上知名的「紅蜘蛛駭客團隊」的重要成員，在網路上有很強的號召力，與各大論壇的版主都建立了良好的關係，由他出面組織網路力量，將不可小覷。

穆倩紅一拍手，說道：「我倒是把你這個小鬼給忘了。彭真，你趕緊去辦吧。」

彭真道：「放心吧倩紅姐，我保證在五分鐘之內讓尋找管先生的江湖救急令遍佈微博和各大論壇。」

彭真朝門外走去，忽然又回了頭，「倩紅姐，那樣就會讓管先生暴露於網路的？有沒有問題？」

穆倩紅當機立斷，「管得了這些嗎！目前最重要的是找到管先生，其他都是次要的。彭真，你放手去做吧。」

彭真回房裏把筆電搬到穆倩紅的房裏，穆倩紅這間房儼然已經成了指揮部。他在網路上是千萬人尊敬的大神，有極強的號召力，與駭客團隊的成員一說，這幫網路駭客馬上就開始行動起來，關於管蒼生在哪裏失蹤和他的照片迅速在網路上散播開來，如野火燎原，勢不可擋。

還剩下一些人無事可做，穆倩紅道：「大家去樓下大堂打聽打聽，問問有沒有人見到過管先生，我給酒店打電話，請他們協助尋找。」

穆倩紅就像是個臨危不亂的將軍，遇事淡定從容，有條不紊的佈置任務。很快，眾人個個都有事做，房間內只剩下她和彭真兩個人。

彭真一雙眼睛始終盯著電腦螢幕，一刻都不曾離開，各大論壇和微博上回帖量正在激增，他要從中篩選出有用的資訊。

網路這東西雖然傳播很快，可以讓資訊瞬息傳遍全國，但也帶來了一個問題，那就是信息量太大，沒用的資訊太多。

有些網友是真心想要幫忙，但大多數人則是在搗蛋，居然有說在北疆和海南看到過管蒼生的，純屬扯淡！

彭真使出了看家本領，將所有網址是京城的回覆篩選了出來，短短幾分鐘，就有了近千條回覆，這也算是相當大的工作量，他要從中挑選出有用的資訊。

穆倩紅給酒店打了電話，畢竟是這裏的客人，而且這個客人還是龍潛投資公司老闆陸虎成的好友，酒店這邊很重視，將所有工作人員召集了起來，詢問有沒有在今天見過管蒼生的。

幾個保安說中午的時候見過管蒼生出去了，往金融大街的方向去了。

穆倩紅得到這個消息之後，更加確定管蒼生是在金融大街走丟的了。

「倩紅姐，過來看一下。」彭真叫道。

穆倩紅走了過去，彭真指著電腦上的一行字，「看這條！」

一個京城的熱心網友回覆，說在下午一點半左右在金融大街上看到貌似照片上的中年男人，與一個穿著體面的身材魁梧的男人在一起，但是兩人的臉色都不是很好看。

穆倩紅吸了口氣，「這條消息太有用了！」

掏出手機給林東打了個電話。

「林總，彭真通過網路發現了一條消息，有人曾在下午一點半左右在金融大街上看到過管先生與一個身材高大衣著光鮮的男人在一起，而且兩個人的臉色都不好看。」穆倩紅語速極快，但吐字清晰，林東每個字都能聽清。

掛了電話，林東對陸虎成說道：「管先生應該是被成智永擄走了，有人在金融大街上看見了。」

陸虎成咬牙道：「成智永個雜碎！管先生是我的朋友，擺明了是不給我面子，我以後看他怎麼在京城立足！」

若論在京城的勢力，成智永不過是一家二流風投公司分公司的老總，無論是財力還是人脈，他都無法跟陸虎成相比。得罪了陸虎成，成智永以後在京城金融圈內恐怕就要舉步維艱，遭眾人排擠了。

崔廣才帶著人拿著照片在金融大街上見人就問，也打聽到了幾條有用的消息，的確有人在下午一點多鐘的時候在這條街上看到過管蒼生，不過旁邊還有一個男人，兩人拉拉扯扯，像是在爭執什麼。

他把消息回饋給穆倩紅，穆倩紅知道他們再打聽下去也打聽不到什麼，就讓崔廣才帶著人先回來。

劉海洋開車的風格跟陸虎成一個樣，橫衝直撞，速度很快，就連過彎也很少減速。不過他對車的控制力要明顯好過陸虎成，開車就如兩腿走路一般，控制力極好，總能在危險之中化險為夷。

開車到了夜店區，劉海洋知道趙小婉在一家叫「唐朝會館」的夜店裏，這是一家非常知名的夜店。

劉海洋直接開車進了地下車庫，夜店的保安老遠就瞧見了他的豪車，領著劉海洋把車停在了一個非常顯眼的位置。這是夜店老闆的規定，來了豪車，比如賓士、寶馬、賓利、勞斯萊斯這類車的時候，務必要把車停在最顯眼的位置，一來讓客人感到有面子，二來也能給夜店「提氣」。

三人下了車，保安一路點頭哈腰，等到三人進了電梯，用對講機通知前台，將這三人的相貌形容了一下，告訴前台開的什麼車。陸虎成三人都是第一次來這家「唐朝會館」，這邊的夜店陸虎成不是經常過來，因為紅谷裏面有比這更好的。

進了夜店，店裏的領班就迎了上來，見是三位生客，一臉的笑意，問他們要不要包房。

劉海洋二話不說，從懷裏掏出一疊紅色大鈔塞給了她，「我們不是來玩的，來找個人。」

那人見他出手大方，笑著收起了錢，見這三人也不像是來鬧事的，笑問道：「三位找誰？」

林東說道：「趙小婉，我們是她的朋友。」

領班笑道：「原來是找趙女士的，二位請跟我來。」說完，帶著三人往裏面走去。裏面是包房，趙小婉一個人包了一間房，正在裏面喝酒。

領班把林東三人帶到了趙小婉的包房門前，笑道：「三位老闆，你們的朋友就在裏面。」

林東一點頭，「謝謝。」

領班識趣的走了。

林東抬起手想要敲門，陸虎成卻是一下子推開了門，邁大步走了進去。

裏面的燈光很昏暗，趙小婉蜷縮在角落裏，面前桌上擺的全是酒，包房內飄蕩著濃濃的酒味。

趙小婉喝得醉暈暈的，就連有人闖進來她都沒有什麼反應。

「趙女士，我是林東，我有事情想請你幫忙。」

趙小婉這才抬起了頭，醉眼朦朧的看著眼前這三個人，第一眼認出了陸虎成，笑道：「喲，這不是陸老闆嗎，怎麼，來找我喝酒嗎？」

陸虎成微微一笑，「成太太，我的朋友失蹤了，想請你幫個忙。」

趙小婉笑了笑，說道：「陸老闆不會是喝醉了吧，你的朋友我怎麼認識？我又能幫上什麼忙呢？」

「是管先生失蹤了！」林東沉聲道。

趙小婉手中的酒杯拿捏不穩，忽然墜落，玻璃片碎了一地，表情驚恐，聽了這個消息，就連醉意都清醒了幾分，問道：「他……在哪兒失蹤的？」

林東道：「有人看見他在金融大街上和你先生發生過爭執，他最後現身的地點也是在那裏。」

陸虎成接著說道：「成智永這個王八羔子，不接我的電話，找不到他在哪裏。趙小婉，我們來是想問問你，他可能把管先生藏哪兒去了？」

趙小婉臉上的表情很複雜，一邊是舊日的情人，一邊是現今的丈夫，這叫她作何抉擇，實在是不知道該幫誰。當年她只是酒廳的一個陪酒女郎，周旋於各色男人之間，笑臉迎送。風月場上無真情，實則沒一個把她當回事，只會把她當做萬物。她過著外人眼中光鮮的生活，衣食無憂，尤其是許多女孩子都羨慕她有漂亮的衣服穿，實則內心十分痛苦。毫無安全感與歸屬感，對自己日復一日單調重複的生活感到厭倦。

直到遇到了管蒼生！

這個男人就像是一道光，照進了她灰暗的生活中。他不會像別的男人一樣只會占她的便宜，他沒把她當做一個陪酒女郎對待，還是像一個朋友一樣給予她關懷，是那麼的溫暖與珍貴。管蒼生會傾聽她的故事，瞭解她內心的世界。

趙小婉承認，她對管蒼生曾經很癡迷，那是一種叫「感情」的東西。即便是現在回憶起來，仍是會有一種臉頰發燙的感覺。

回憶並不全是美好的。她跟了管蒼生不到兩年，就出了國債那個事件。管蒼生鋃鐺入獄，一判就是十幾年。趙小婉曾經有過想等他出獄一起生活的想法，有一天成智永卻找上了門，趁她不注意。在她的茶水中下了迷藥，通過卑鄙的手段佔有了她，並且留下豔照作為威脅她就範的武器。

自那之後，她只能任憑成智永這個畜生一次又一次的侵犯她。作為一個女人，失去了男人的依靠之後，她很快就陷入了四面楚歌之中。管蒼生原先贈給她的房子被公家沒收，她又沒有經濟來源，而成智永卻一次又一次的向她表白愛意。

那段時間是她人生中最灰暗的時刻，趙小婉渾渾噩噩的度過了許多天，終於在她走投無路的情況下接受了成智永，開始了跟隨成智永流浪的日子。

趙小婉十幾年中，成智永到處流浪，從一個城市轉戰另一個城市，他的地位越來越高，直到五年前來到京城，當上了荷蘭著名風投公司風雷的中國區總裁，生活才算是安定了下來。

也就是在那一年，趙小婉答應了成智永的求婚，二人舉辦了隆重的婚禮。自始至終，她與成智永在一起的時候都不會有跟管蒼生在一起的那種感覺。雖然成智永同樣可以給她衣食無憂的生活，甚至可以給她成太太的名份，而且論相貌與體魄，成智永都在管蒼生之上，可她就是從成智永身上得不到那種怦然心動的感覺。

最近兩三年來，成智永開始在外面拈花惹草，與不少情色場所的女人搞在一起，還染了一身的病。她開始抗拒他，二人的關係也隨之開始惡化，成智永回家的時候越來越少，有時候甚至半個月都不會見到一面。

她本以為生活會就這樣過下去，可不曾想到卻在毫無心理準備的情況之下在金融大街上見到了那個令她一直念念難忘的男人——管蒼生！他看上去比以前更矮了，更瘦了，鬢角也爬滿了白髮，已絲毫看不出那個曾經指點江山的金融大亨的模樣，就像是一個從鄉下來的小老頭。趙小婉不可否認，當她再次見到管蒼生的時候，心痛了，揪痛，有一種很想衝過去抱一抱他的衝動。

有些人一旦記住了，就一輩子也難以忘記。

管蒼生就是住在趙小婉心裏的那個男人，無論時光怎麼流逝，他的模樣始終清晰。

趙小婉從回憶中走了出來，美目之中淚光閃爍，擦了擦眼睛。

林東說道：「趙女士！管先生現在的處境很危險，你不是沒有看到，那天成智永見到管先生，他的樣子就像是要殺人！如果管先生在他的手裏，不知他會用什麼惡毒殘酷的手法折磨管先生。請你念在管先生昔日的恩情份上，告訴我成智永可能把他帶去了哪裏。」

趙小婉沉默了一下，此刻她的酒已完全醒了，抬頭對林東說道：「等一下，我給成智永打個電話。」她從包裏摸出手機，給成智永打了個電話，成智永已經關了機。

趙小婉是最瞭解成智永的人，他是從來不會關機的。這會兒關了機，足可以證明發生了什麼事情，害怕別人找他。

林東更加著急了，若是管蒼生遭遇不測，他的良心將一輩子難安，捏緊了拳頭，指節發白。如果成智永敢害了管蒼生，他一定要讓他付出血的代價！

「他手機關機了，你們別急。我打電話問問他秘書，一般他的行程，秘書都會知道的。」

趙小婉打了個電話給成智永的秘書，這個電話倒是一打就通了。成智永的秘書告訴她成智永今天並沒有安排，沒有會議也沒有應酬，所以並不知道他去哪兒了。

「他最有可能去什麼地方？」陸虎成問道。

趙小婉道：「他在郊區有個別墅，那裏方圓幾里之內只有那一棟房子。如果藏人的話，那裏絕對是個好地方。」

「在哪兒？你快帶我們去！」林東急問道。

趙小婉道：「他畢竟是我丈夫，我可以告訴你們地址，但我不能去。如果他真的綁架了蒼哥，那可是犯法的事情，我不能親手送他進監獄。」

陸虎成歎了一聲，說道：「我們不會說是你告訴我們的，把地址告訴我們吧。」

趙小婉道：「在京城東北部柔懷縣的燕山山麓，那兒有個飛馬湖，別墅就在飛馬湖的旁邊。飛馬湖不大，你們到了地方很快就能找到那棟別墅。」

林東感激的看了趙小婉一眼，「趙女士，如果這次管先生能夠逢凶化吉，我一定轉告他你對他的情意。」

趙小婉淒然一笑，似乎極為疲憊，無力的揮揮手，「你們還是趕緊去吧，成智永心狠手辣，蒼哥很危險。」

林東三人快步離開了夜店，開車直奔柔懷縣去了。

懷柔縣離京城市區還有很長的一段路，劉海洋一路開車飛奔，一個半小時後終於到了趙小婉說的燕山山麓。

夜光下的飛馬湖就如一顆明珠，夜風吹皺了湖面，湖上波浪起伏，清冷的月輝灑落在湖面上，像是給湖水鍍上了一層銀光。

「陸總、林總，我瞧見那棟別墅了！」劉海洋頭也不回的說道，加大了馬力，全速往那兒奔去。

林東和陸虎成往前面望去，夜色下，飛馬湖不遠處有個小白點，越來越大，漸漸現出別墅的輪廓。

陸虎成冷哼一聲，說道：「成智永這個龜兒子，倒是會享受，這裏依山傍水，在這搞棟別墅，倒還真是個不錯的選擇。」

往前開了十分鐘，在快接近別墅的時候，劉海洋停下了車，說道：

「陸總、林總，這裏太安靜了，如果我們開車過去，可能會驚動了成智永，我建議下車步行，悄悄的潛伏過去。」

陸虎成道：「海洋說的有道理，咱們下車步行。」

三人下了車，劉海洋從後車廂裏取出了三根鐵棒，分給陸虎成和林東一人一根，說道：「成智永可能有武器，待會大家要小心。」

林東和陸虎成都沒說話，各自點了點頭，跟在劉海洋的身後，往別墅潛行。到了門前，大門是關上的，但是從裏面有燈光透出來，顯然是有人，三人知道沒有來錯地方。

陸虎成低聲道：「海洋，想辦法把門打開。」

劉海洋低聲道：「這門除非有鑰匙，否則不易打開。陸總，你幫我拿著鐵棍，我翻牆進去給你們開門。」

劉海洋把鐵棍交到陸虎成手裏，往後退了幾步，一個助跑，三米高的圍牆就如籬笆一般，輕易的被他跨了過去。

林東也不禁在心裏叫了一聲好，劉海洋露了這手功夫，正是傳說中的「飛簷走壁」啊！

劉海洋落進了院子裏，一點聲音都沒弄出來，走到大門後門，悄悄的放開了門。林東和陸虎成進了院子裏，豎起耳朵聽了聽，別墅裏好像有人在說話。

劉海洋低聲道：「你們跟在我後面，我先靠近摸一下情況。」

二人點點頭，劉海洋貓著腰，幾步就潛伏到了別墅的牆角。成智永從裏面鎖了門，別墅的大門是一道鐵門，踹是踹不開的。劉海洋進不去，只得退回去另想辦法。

「鐵門從裏面鎖了，我從外面看不到任何情況，裏面有個人在說話，聽聲音像是成智永的。」

陸虎成道：「海洋，二樓有個露天的陽台，你能否上去？」

劉海洋瞧了一眼，說道：「足足有五六米，我需要點工具。」

「什麼工具？」林東心繫管蒼生的安危，著急的問道。

「繩子！」劉海洋道：「車上有，我回去拿，你們二位藏好了，別讓成智永發現動靜。」說完，就朝院子外面快速奔去。

林東和陸虎成一商量，決定提前潛伏到牆角。二人迅速朝別墅的大門移動過去，分別躲在門的兩側。林東貼耳在牆上，想要聽清裏面說的是什麼，卻一點動靜都沒有。

就在這時，林東口袋裏的手機突然響了，他千算萬算，卻沒有算到要把手機關了。看了看號碼，是高倩打來的，此刻根本不能接聽，林東只有按了電話。

成智永已在裏面聽到了外面的動靜，大喝一聲，說道：「誰？」

他慢慢走到門口，手裏握著一把手槍，放開了門，朝院子裏望了望。此時，正好劉海洋從車裏取了繩子趕了回來，推開院門，被成智永瞧見了。成智永以為事情敗露，幾乎是下意識的朝門口開了一槍，只不過他的槍法實在太爛，又沒瞄準，偏了好多，子彈射到了院牆上。

林東忽然從門旁邊的牆角站了起來，雙手抓住成智永的胳膊，使出了全力，只聽「咔嚓」一聲，成智永的手臂就沒了力氣，手槍掉到了地上，被陸虎成一腳踢飛。

「啊──」

成智永的右胳膊被林東用力掰斷了，疼得死去活來，發出殺豬般的慘叫。劉海洋此刻已衝到了門口，帶來的繩子正好可以把成智永捆了。

他和陸虎成二人麻利的把成智永捆成了粽子，把他拖到了屋裏，扔在了一邊。

林東進了廳內就看到了管蒼生，管蒼生被成智永拿膠布封住了嘴，手腳也被他用膠帶綁住了。

林東跑了過去，替管蒼生解了身上的膠帶，連忙問道：「管先生，沒事吧？」

管蒼生喘了口氣，搖搖頭，「沒事，受了點輕傷。」

陸虎成對劉海洋道：「海洋，打電話給凌峰，讓他派人過來處理這裏的事情。」

劉海洋一點頭，給凌峰撥了個電話，說是已經找到了管蒼生，讓他派人到這裏來抓綁架管蒼生的嫌疑犯。

「你們快放了我，我是荷蘭籍公民！」成智永忍住手臂傳來的劇痛吼道。

陸虎成朝他冷冷一笑，「成智永，都什麼時候了，你還嚷嚷你是荷蘭人？你個假洋鬼子，瞧清楚這是哪個國家的地盤！」

「陸爺，我和你無冤無仇，你何必為難我，你把我放了，以後我一定報答你！」成智永滿含期待的看著陸虎成。

陸虎成怒罵道：「無冤無仇？你不知道管先生是我的客人嗎？上次你在街上和他起衝突我就沒辦你，你倒好，竟然將管先生綁架了。吃了豹子膽了，放了你？跟員警說去吧。」

成智永哀聲乞求道：「我不是綁架蒼哥，是請他來談事情的。」

「成智永！你還敢睜眼說瞎話，是不是要我伺候伺候你？」陸虎成怒不可遏。

成智永道：「你不信問問蒼哥。」

陸虎成朝管蒼生看去，成智永敢說這樣的話，難道真的是事有蹊蹺？

管蒼生將今天下午到現在發生的事情說了一遍。

那天管蒼生和林東從派出所被放出來以後，成智永很快就得到了消息。那時候的他已經冷靜了下來，當然不會為了這點事跑到荷蘭大使館申請維權，知道去了也是白去，現如今中國強盛，國力甩荷蘭幾條街，怎麼可能會為了這點小事照會中國政府。

不過成智永咽不下這口氣，管蒼生當年一直騎在他的頭上，他這輩子最想做的事情就是騎在管蒼生的頭上，嘗一嘗壓著他的滋味。當年他跟了管蒼生四五年，幾乎陪伴了管蒼生的整個輝煌時期，可以說是最瞭解管蒼生的幾個人，很清楚管蒼生的能力。

成智永冷靜的想了想之後，如果能夠控制住管蒼生，讓他為己所用，那麼在不久之後，他就能在中國金融界崛起，成為最耀眼的明星，甚至可以擊敗不可一世的天下第一私募陸虎成！

有了這個想法，成智永就開始琢磨怎麼才能讓管蒼生為他所用，他想到了自己的妻子趙小婉。管蒼生看上去無情，實則是最重情義的人，只要趙小婉能夠按照他設計好的計畫去做，他肯定能夠把管蒼生牢牢的攥在手裏。

找到趙小婉之後，成智永將自己的計畫告訴了趙小婉，並要求趙小婉幫他。他本以為趙小婉肯定會幫他，畢竟趙小婉現在是他的女人，哪知趙小婉不僅拒絕了，而且還讓他不要癡心妄想，說管蒼生是不可能受任何人擺佈的。

成智永惱羞成怒，打了趙小婉幾個巴掌。這才明白十幾年過去了，趙小婉的心裏一直都還給管蒼生留著位置，他感到了深深的挫敗感，就算管蒼生什麼都不用做，就算是他坐牢十幾年，仍是可以讓他過得不開心。

管蒼生今天下午一點多去金融大街散步，成智永上午剛跟趙小婉吵過，心裏的火氣一直難以消除，正好從公司出來的時候，在街上遇到了獨行的管蒼生。

成智永二話不說就抓住了管蒼生的衣領，強行把管蒼生押進了車裏，為了發洩，成智永對管蒼生一通拳打腳踢，火氣消了一點之後才想起想將管蒼生收為己用的事情。

他心知剛把管蒼生揍了一頓，管蒼生肯定不會願意跟他談的，於是想了個辦法，把管蒼生囚禁在他在飛馬湖邊上的別墅裏，那裏幾里之內都沒有人，不容易被發現。

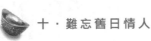

成智永開車將管蒼生強行帶到了別墅裏，開始跟管蒼生聊天，想盡辦法想要讓管蒼生同意為他做事，可管蒼生壓根就不屑與他共事，從頭至尾都沒答應他。

當林東的手機在門外響起之後，成智永知道事情敗露了，害怕管蒼生出聲，就把他的嘴用膠帶封住了。哪知他朝劉海洋開槍的時候給了林東可乘之機，林東為了一擊建功，使出了全力，竟然把他的胳膊給掰斷了。

管蒼生講完了過程，笑道：

「事情就是這樣的，他想要我替他做事，所以到了這裏之後沒有虐待我，給煙抽給水喝。如果真的想殺我，早一槍把我崩了。」

林東懸了許久的一顆心總算是放了下來，說道：

「管先生，你平安無事就好。成智永作繭自縛，自會有法律懲罰他。哦，大夥兒都在擔心你呢，我打個電話給倩紅，讓他告訴大夥兒你沒事。」

林東說完就給穆倩紅打了電話，穆倩紅開了手機的免提功能，金鼎眾人都在她的房裏，聽到管蒼生平安無事已經得救的消息之後，眾人相擁歡呼。

掛了電話，林東說道：

「管先生，你瞧大家多擔心你，其實你來公司這麼久，大傢伙早就把你當成了自己人。你知道嗎，你失蹤以後，崔廣才最緊張了，帶著人拿著你的照片在金融大街上來回走，逢人就問。」

管蒼生眼含淚花：「大夥兒對我的情我領了，以後我不會再孤立自己了，會好好與大夥兒相處。」

凌峰接到劉海洋的電話後，馬上致電柔懷縣公安局，讓他們派人去抓嫌疑犯。

半個小時不到，五輛警車就開到了別墅門口，車上下來一群員警，為首的是柔懷縣公安局的局長曲翔，凌峰特別囑咐他，說是陸虎成在場，要他多帶些人過去，顯示出他對陸虎成的關心。

「哪位是陸爺？」曲翔在院子裏就嚷嚷了起來，進了屋裏，一眼掃過，就把陸虎成給認了出來，走到他面前，笑道：「陸爺，我來晚了，讓您受驚，原諒原諒。」

陸虎成笑道：「我半點驚沒受，沒瞧見嗎？嫌疑犯被咱捆成粽子了。」

曲翔朝成智永看了一眼，瞪大眼睛，怒罵道：「陸爺的朋友你都敢綁？待會到了局裏，有你受的！」

成智永知道警察局裏的酷刑，嚷嚷了起來，說道：「我是荷蘭人，你們不能抓我！」

曲翔冷笑了幾聲，「管你是河南還是河北的，老子就是抓你了，怎麼的？來啊，帶上車。」

這時，一個警員進了別墅，對曲翔說道：「局長，在外面的院子裏發現一把手槍。」

陸虎成道：「是犯人的，他剛才還開槍射我的下屬。」

曲翔笑道：「陸爺放心，我們會好好招呼犯人的。請問哪位是管先生，按例咱們得請他回去錄個口供。」

管蒼生走了過來，說道：「我就是，走吧。」

眾人離開了別墅，劉海洋開車帶著林東三人到了柔懷縣公安局。管蒼生例行公事的錄了口供，曲翔說是要請陸虎成幾人吃飯，陸虎成婉言拒絕了。曲翔表示很遺憾，與陸虎成交換了聯繫方式，讓陸虎成以後如果有用得著的地方，儘管找他。

從警察局出來之後，已是凌晨一點左右了。劉海洋開車行駛在幾乎沒有車的馬路上，一路全速前進，回到京城市區，夜晚的街道上，不時見到有飛車黨在飆車。轟鳴的馬達聲如野獸的怒吼，撕破了寧靜的夜空。

車內。

管蒼生忽然問道：「你們是怎麼找到成智永在郊外的別墅的？」

林東說道：「管先生，這還多虧了趙小婉。我看得出來，在她心裏，你比成智永更有份量。」

管蒼生淒然一笑，說道：「總算是還有個對得起我的人。」

陸虎成回頭笑道：「如果論起風流，我和林兄弟都要輸給管先生幾條街。」

管蒼生搖頭苦笑，也不做辯解，他當年的情人的確是多得他名字有時都會記錯，關於他的桃色新聞更是隔三差五的就見報。

開車到了酒店，陸虎成道：「哎呀，今天總算是有驚無險，都累了。林兄弟、管先生，早點休息，我回去了。」

林東對他笑道：「陸大哥，我又欠你一次人情。」

陸虎成道：「我的命都是你救的，你說這話我可不高興了。」

劉海洋開車帶著陸虎成走了，林東和管蒼生回到了客房裏，穆倩紅收到了消息，帶著金鼎眾人都去了管蒼生的房裏。一進門，大傢伙就「管先生」的叫開了，一個個面帶微笑，神情中飽含了對他的關心，令管蒼生大為感動。

崔廣才走到前面，笑道：「老管，以後再想散步，叫上我，我陪著你。」

眾人哈哈一笑。

穆倩紅道：「林總和管先生還沒吃飯吧，我給你們叫餐去。」

崔廣才道：「倩紅，我也餓了。」

「我也餓了。」

眾人一個個嚷嚷了起來，晚上的那頓飯誰也沒有胃口，現在管蒼生平安回來了，都感覺到餓了。

林東道：「乾脆別叫餐了，大傢伙一起下去吃一頓，吃飽了上來睡大覺！」

「好哦……」眾人鼓掌支持，齊聲道好。

到了餐廳，穆倩紅忽然想起一件事來，把林東拉到一邊，說道：

「林總，高倩給我打了個電話，說你掛了她的電話還關機了，我把情況跟她說了，她要我見到你告訴你回個電話給她。」

林東這才想起在成智永的別墅門外關了手機之後一直忘了開機，心想高倩肯定會非常著急，立馬開了手機，給高倩打了個電話過去。已經將近凌晨兩三點了，他電話一撥過去，馬上就接通了，電話裏傳來的聲音焦急憂慮。

「林東，是你嗎？」

林東略帶歉意的說道：「倩，對不起，害你擔心了。」

高倩鬆了口氣，說道：「倩紅姐剛剛已經告訴我你去幹嘛了，管先生找到了沒？」

林東笑道：「倩，你真是我的福星，如果不是聽到你那通電話的鈴聲，綁架管先生的人還不會開門，那樣我就沒有機會將他一舉制服，說到底，你才是這次營救管先生行動的大功臣哩！」

高倩笑道：「是嗎？你掐了我的電話，我還以為壞了你的大事，沒想到還誤打誤撞，因禍得福了。你該如何謝我？」

「我覺得只能以身相許了。」林東壞壞一笑。

高倩佯裝嗔怒，說道：「討厭！不和你說這個了，好了，太晚了，我睡了。對了，我可能還要在京城待幾天，正在跟劉根雲大師接觸，劇本的事情有點眉目了。」

劉根雲是當今中國的當代小說大家，他寫的小說幾乎每一部都會被改編成電影和電視劇。據坊間傳聞，劉根雲在今年獲諾貝爾文學獎的可能性很高，所以他的作品改編潮很熱，成為眾多影視公司爭搶的搶手貨。

高倩為了挽救東華娛樂公司衰敗的頹勢，想找一個好劇本，拍一部大戲，所以自然而然的想到了劉根雲。這次來京城，首要的目的是為組建一支好的團隊物色人才，其次就是為了和劉根雲洽談劇本的事情。

林東知道高倩是為了等他的消息才那麼晚還沒睡，笑道：「倩，你辛苦了，趕緊睡吧。」

掛了電話，瞧見眾人已經在等他吃飯了，聞到菜香，才覺得肚中饑餓。

「林總，過來吃飯，都餓死了。」彭真已經開始嚷嚷了起來。

林東笑著走了過來，坐下來說道：「大家吃吧。」

席間，眾人表現出了對管蒼生極大的關心，又是夾菜又是倒水給他，經歷了這一次的綁架事件，眾人對管蒼生的態度明顯改變了很多，都意識到管蒼生也是金鼎投資公司的一員。

崔廣才開玩笑的說道：「老管，這次還真是多虧了你這一身與眾不同的衣服。」

管蒼生笑問道：「怎麼，我這衣服有問題嗎？」

紀建明笑道：「管先生，沒有你身上的老棉襖，哪有路人對你過目不忘的深刻印象。老崔他們幾個在金融大街上逢人就問，被問到的人都對你的穿著打扮印象深刻呢。」

管蒼生呵呵一笑，說道：「看來還真多虧了我的老棉襖，我就更捨不得扔了。」

吃過了宵夜，已經將近凌晨四點了，眾人累了一天，回房倒頭就睡。

第二天中午，林東一覺睡到下午一點多才醒來，起床後出門一看，其他人的門都關著，敲了敲管蒼生的門，他倒是已經起來了。

「管先生，早啊。」

管蒼生笑道：「這都下午了，早什麼喲。」

林東笑道：「也該吃飯了，我去叫其他人起來吃飯。」

管蒼生道：「別叫了，他們出去玩了，都比你起來的早。」

「噢，原來我是最後一個。」他心知可能是藍芒吸收的天地靈氣又用完了，所以又開始嗜睡起來。

「大傢伙都知道你昨天辛苦了，所以就沒打擾你，小穆說等你醒了讓你打電話叫他們回來。」管蒼生笑道。

金鼎一行人好不容易來了一次京城，當然不會把大好時光浪費在床上，所以雖然昨晚很晚才睡，早上八點就都起來了。今天晚上他們就將坐高鐵離開京城，下次還不知什麼時候再來，臨行前肯定要再逛一逛。

林東想起他這次京城之行，真可謂驚險重重，先是在金融大街上與成智永幹了一架，還進了局子，後又是和陸虎成在從紅谷回來的路上遭遇了伏擊，險些命喪侏儒巷，昨晚又為了尋找管蒼生而奔波，若不是一舉制服了成智永，那傢伙手裏的槍說不定就會在他身上射幾個窟窿。

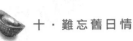

所幸的是，其他人平安無事，他就算受了點傷也無所謂，更重要的是能夠從中看到金鼎眾人的團結，令他堅信自己的隊伍是一支靠得住能打硬仗的隊伍。

林東給穆倩紅打了個電話，穆倩紅在電話裏說已經到了酒店門口，馬上就上來和他集合。

「他們回來了。」林東說道。

管蒼生點了點頭，說道：「林總，我真是心寒啊，昔日的兄弟這般對我，我心裏跟刀扎似的難受。」

外人大多數以為管蒼生是一個冷血的人，殊不知他卻是最重感情的人，林東能夠感受得到他的痛苦，安慰的說道：

「成智永只是個個例，他之所以會變得那樣，只是他自己人格的缺陷而已，與先生無關。你瞧趙小婉，十幾年了，她仍對你有情，這足以證明成智永是個白眼狼。」

管蒼生淒然一笑，說道：「小婉只是一個人，當年我那麼多兄弟，秦建生出賣了我，我為與他的兄弟之情付出了十三年失去自由的代價。可笑我當年朋黨成群，一朝進了監獄，探望者屈指可數。」

這時，穆倩紅推門進了來，說道：「管先生，下面有好些人找你。」

管蒼生一臉詫異，問道：「都是哪些人？」

穆倩紅搖搖頭，說道：「我一個都不認識，估計有十來個，聚在下面，不過他們彼此好像都是相識的，像是約好了似的。」

林東道：「管先生，咱們下去見見就知道是誰了。」

管蒼生邊朝外面走邊說道：「我實在是記不起我在京城還有什麼朋友，真是奇怪了，怎麼會有那麼多人來找我？」

林東對穆倩紅道：「倩紅，你帶著大夥先去餐廳吧，我和管先生下去看看就直接去餐廳找你們。」

穆倩紅留下來召集眾人去餐廳，林東和管蒼生乘電梯先下去了。

二人到了一樓的酒店大堂內，就見十幾個人站在一起正嘈嘈雜雜的說些什麼。那十幾人被保安擋在門外。林東遠遠瞧去，像是從哪邊深山老林裏冒出來的，也不知這夥人是怎麼知道管蒼生在這裏的。

「這些人你認識？」林東低聲問了一句。

管蒼生道：「離得太遠我看不清楚，走近瞧瞧去。」

二人朝前面走去，林東的目力和聽力都要比管蒼生強很多，已經可以看清他們的臉，並聽到了他們說什麼。那些人和成智永一樣，稱呼管蒼生都是蒼哥，心想不會是管蒼生以前的部下吧？再一瞧這些人的穿著打扮，一個個破棉襖老棉鞋，心想管蒼生以前的部下個個都是有本事的人，不至於混得那麼慘。

往前走得近了，林東瞧見管蒼生的神色竟然變得無比的激動，到最後竟然是快步跑了過去。那些人被保安攔著，也已經瞧見了管蒼生，一個個叫了起來。

「蒼哥，真的是蒼哥！」

「蒼哥啊……」

管蒼生到了近前，十幾個漢子圍了過來，圍著他一起哭得稀哩嘩啦，像是積鬱在心頭多年的委屈終於爆發了出來。攔住這些人的保安瞧見了林東，認出來這是酒店的客人，朝林東看了看，徵求他的意見。

林東走過去說道：「沒事了，這些都是朋友，你們走吧。」

保安聽了這話，都散了。心裏卻不明白為什麼住在那麼好的酒店裏的客人會有這麼些窮朋友。

管蒼生被眾人圍著，所有人都很激動，十幾年未見的兄弟，一見面就是抱頭痛哭。林東在一旁推敲出來了，這夥人跟管蒼生的關係不一般，交情匪淺。

過了好一會兒，哭聲才漸漸小了，開始有人開口說話了。

管蒼生問道：「眾位兄弟，你們是怎麼知道我住在這裏的？」

其中一個答道：「蒼哥，我們是從網上知道的，在網上看到了你失蹤的消息。」

「網上？我怎麼不知道我失蹤的消息都傳到了網上？」管蒼生不解的問道。

林東知道這事，穆倩紅跟他彙報過，走過來說道：「管先生，事情是這樣的，為了能夠找到你，彭真把你失蹤的消息掛到了網上，也是為了搜集更多的線索。」

管蒼生這才瞭解了原因。

眾人看著林東，問道：「蒼哥，這個人是誰？」

管蒼生道：「這是我現在的老闆。」

眾人一下子炸開了鍋，紛紛叫道：「蒼哥，以你的本事，幹嘛要給個毛孩子打工？兄弟們這次來就是打算投奔你的，你可不能不管兄弟們啊！」

管蒼生等到眾人七嘴八舌的說完，這才開口說道：

「大傢伙大老遠的來到這裏，應該都還沒吃飯吧，這樣子，都到樓上的餐廳去，咱們邊吃邊聊，如何？」

這些人有的是從京城郊區趕來的，有的是從河北趕來的，都起了個大早趕路，現在早就餓了，聽到管蒼生那麼說，都跟著他上樓去了。林東先行一步，在他們前面趕到了餐廳，訂了一桌上等的酒席。

管蒼生帶人到了這裏，林東說道：「管先生，你和你的朋友好好敘敘舊，我就不打擾了。」

管蒼生感謝林東想得周到，笑道：「林總，又給你添麻煩了，真是不好意思。」

林東笑了笑，去另一邊找穆倩紅他們了。穆倩紅等人已經在等林東吃飯了，瞧他一個人過來，崔廣才問道：「林總，老管呢？」

「下面來的都是管先生的舊友，故人相見，自然有說不完的話，我安排他們在另一邊吃飯了，不用等他了，咱們先吃飯吧。」林東說道。

金鼎眾人拿起了筷子，開始吃這頓晚點的午飯。

眾人邊吃邊聊，紀建明問道：「管先生的舊友應該都算是咱們這個行業的老前輩了吧，我們剛才上來的時候看見了，怎麼一個個都穿成那樣？看上去日子過得不是很好啊。」

他的話說出在場所有人心裏的疑惑，林東笑了笑，說道：「他們一見面就抱成團一起哭，我連兩句話都沒講上，具體是什麼來路，還是等管先生回來跟我們說吧。」

楊敏問道：「林總，那咱們今天晚上回蘇城的計畫會不會有變故？」

林東笑道：「楊敏，你是還沒在京城玩夠吧，車票都買好了，還有啥變故？你也不管你們家大頭在家裏有多想你，只知道自己在這邊快活是吧。」

眾人哄笑，楊敏的臉都羞紅了。

午飯快要吃完的時候，管蒼生走了進來。

林東朝他笑道：「管先生，你們已經吃完了？」

管蒼生道：「早著呢，林總，你過來一下，我有些事情想與你商量商量。」

林東走了過去，問道：「啥事，你說？」

管蒼生道：「我先把今天來找我的兄弟的情況跟你簡單介紹一下吧，他們當年都是跟我十分要好的兄弟，國債那件事也受了牽連，其中最少的做了五年的牢，最多的坐了九年。當年秦建生為了徹底瓦解我的勢力，就把對我忠心的兄弟全部送進去了，進去之後大傢伙被關在不同地方的監獄，出來之後連討碗飯吃的地方都沒有，只能回老家過日子，所以也就變成了你今天看到的樣子。

「今天他們來找我，目的是想讓我帶著他們再幹一番事業，好好的跟秦建生鬥一鬥。不過被我嚴詞拒絕了，林總你對我有恩，我管蒼生餘生願意為你驅馳，絕無二心。不過我看到這幫兄弟現在生活困難，心裏很是過意不去，如果當年不是因為我，他們絕不會落得今天這步田地。」

林東笑道：「管先生，你想說啥就說吧。」

管蒼生歎道：「我想收編他們，這些兄弟可都是好手，如果能進金鼎，絕對是一支精英團隊！只是不知道林總你看不看得上他們？」

林東聞言大喜，「我只怕他們不願意跟著我幹啊！」

管蒼生激動的道：「這麼說你是願意接收他們了？」

林東點頭笑道：「我當然願意，強將手下無弱兵，誰不知道你當年的手下有多厲害！只要他們願意來金鼎，我保證不會虧待他們。對了，我估計他們也不會服從別人的指揮，這樣子，如果他們加入金鼎，人馬還是你的，你帶著他們做事。」

管蒼生道：「行，我這就跟他們說去。」

林東道：「管先生，需不需要我過去當面表態？」

管蒼生道：「這個不急，這夥人都是心高氣傲之輩，這輩子只瞧得起我一人，到現在對你還沒有什麼好感，我需要時間做通他們的思想工作，你上去等我消息就是了。」

林東道：「我吃完飯就不上去了，就在餐廳那邊的沙發上坐著，有情況你隨時過來找我！」

管蒼生點點頭，又回去了。

林東回到座位上，大家已經吃得差不多了，他已經吃飽了，就說道：「大家吃完飯先上去，我留下來有點事。」

眾人昨晚凌晨四點才睡，早上又很早就起來了，吃飽了之後都睏的不行，一個個和他打了招呼，就都上樓去了。林東一個人走到餐廳中間的休息區，在那裏的沙發上坐了下來。

管蒼生與秦建生當年組建的那支隊伍的強悍，是中國幾代證券業從業者都希望擁有的，正是因為有了那個團隊，管蒼生才能無往而不利，當時人用「虎狼之師」這個詞來形容那個團隊，足以證明其強大。

如今當初的帥才已經為他所用，如果能將管蒼生當年的隊伍也拉攏過來為己所用，那麼金鼎投資內部將多出一支戰鬥力可怕的團隊，到時候在行業內開疆闢土，神擋殺神佛擋殺佛，一定能重現當年的輝煌！

請續看《財神門徒》之十二　志在必得

財神門徒 之11 過江猛龍

作者：劉晉成
發行人：陳曉林
出版所：風雲時代出版股份有限公司
地址：105台北市民生東路五段178號7樓之3
風雲書網：http://www.eastbooks.com.tw
官方部落格：http://eastbooks.pixnet.net/blog
Facebook：http://www.facebook.com/h7560949
信箱：h7560949@ms15.hinet.net
郵撥帳號：12043291
服務專線：(02)27560949
傳真專線：(02)27653799
執行主編：劉宇青
美術編輯：許惠芳

法律顧問：永然法律事務所 李永然律師
北辰著作權事務所 蕭雄淋律師

版權授權：蔡雷平
初版日期：2015年10月
初版二刷：2015年10月20日
ISBN ：978-986-146-682-8

總 經 銷：成信文化事業股份有限公司
地　　址：新北市新店區中正路四維巷二弄2號4樓
電　　話：(02)2219-2080

行政院新聞局局版台業字第3595號 營利事業統一編號22759935

定價：280元　特價：199元

國家圖書館出版品預行編目資料

財神門徒 ／ 劉晉成著. -- 初版-- 臺北市：風雲時代，
2015.04 -- 冊；公分

ISBN 978-986-146-682-8（第11冊；平裝）

857.7　　　104015647